공교육 지원 대안학교

서산해오름배움터

글쓴이 대표교사 백상화

공교육지원 대안학교 서산해오름배움터

1판 1쇄발행 / 2014년 07월 15일

지은이 / 백상화
펴낸이 / 채주희
펴낸곳 / 해피&북스
등 록 / 제10-1562호(1985. 10.29)
주 소 / 서울특별시 마포구 신수동 448-6
전 화 / (02) 323-4060, 322-4477
팩 스 / (02) 323-6416

가 격:13,800원

ISBN 978-89-5515-524-2

공교육 지원 대안학교

서산해오름배움터

글쓴이 대표교사 백상화

해피&북스

공교육의 약세, 사교육의 팽창, 학생의 자기주도적 학습능력 약화, 가정의 해체, 스마트폰과 게임에 빠져있는 청소년, 어머니 중심의 자녀교육, 해마다 바뀌는 입시정책, 대학의 서열화, 성장과 물량주의 사고방식 등등 우리나라 교육현실이 가슴 아프고 답답하기만 합니다. 공교육의 부족한 점을 보완하기 위해 시작한 몇몇 대안학교도 현 국가교육정책에 부합하지 않아 졸업한 학생들이 검정고시를 통해 대학에 들어가거나, 다양한 학습콘텐츠를 제공하기 위해 학비가 매년 인상되면서 여유 있는 가정의 자녀들에게만 다양한 교육의 기회가 주어지고 있습니다. 대안교육의 순기능이 역기능을 충분히 넘어서기에는 아직까지도 역부족입니다.

사교육의 양적, 질적 무한경쟁은 공교육의 존재감과 권위를 떨어뜨린 지 오래 되었고, 사교육의 방과 후 학교가 공교육이 되어버린 듯한 웃지 못 할 현실 앞에 우리는 멍하니 서있습니다. 많은 어머니들이 사교육현장에 뛰어들어 자기 자녀 학원보내기 위해 학원에서 남의 아이들을 가르치는 것을 어렵지 않게 볼 수 있습니다. 1980년대까지 "苦學으로 공부해서 전교 1등 했어요"는 이젠 옛말이 되어 버렸고 가정의 경제력이 자녀학업성취도에 매우 중요한 필수 요소가 되어가고 있습니다. 많은 공교육 학교와 학원들이 학생들의 적성에 맞는 진로지도 결과를 발표하기보다 앞 다투어 ○○대학교 ○○명 입학을 자랑처럼 홍보하고 있고 대다수 언론과 학부모들은 그 자료를 토대로 명문고등학교, 명문학원의 기준을 결정해 버립니다. 이러한 현실은 대학서열화, 성장과 물량주의 사고방식을 고착화시키고 있습니다. 학업성취도나 명문고등학교 기준을 단순히 명문대학 입학 학생수로만 판단하지 말고 다양한 기준을 세워 교육의 본질에서 벗어나지 않는 방안이나 고민을 우리들은 해야 합니다. 올바른 교육은 목표가 다양해야 하는데 목표가 하나로 수렴되고 획일화되면 진정한 교육이라 말할 수 없습니다.

나라가 부강하고 사회가 안정되기 위해서는 국가경제력, 우수한 과학기술, 건강한 문화, 정상적이고 화목한 가정이 버팀목이 되어야합니다. 이러한 요소들은 국가를 이루는 기초이듯이 교육도 마찬가지입니다. 사교육의 다양성도 잘 흡수해야하지만 먼저 교육의 기본인 공교육이 제자리를 찾고 제기능을 발휘해야 합니다. 사교육에서 얻을 수 있는 다양한 교육콘텐츠들을 등한시하지 말고 공교육에 잘 접목해야 합니다. 공교육이 공교육다워 질려면 사교육의 다양성을 존중하는 것에서 시작할 수 있습니다. 그래야만 사교육을 줄이고 양적인 팽창을 진정시킬 수 있습니다.

저는 공교육을 지원하고 팽창한 사교육을 줄이고 어려운 가정의 자녀들의 학습을 도와주고 직장인들과 대학생들을 청소년 교육현장으로 끌어들이는데 미력하나마 도움이 되고자 10년 전 서산에 야간 무료배움터를 설립하였습니다. 공교육을 지원하는 방식은 간단합니다. 아니 간단해야 합니다. 그래야 꾸준히 지속이 될 수 있습니다. 청소년의 학습을 도와주는 일에 직장인, 특별히 자녀를 두고 있는 아버지들, 대학생, 학부모, 현직교사 등 지역인적자원을 최대한 데이터베이스화하여 활용하는 것입니다. 업무의 연장이라는 구실로 회식문화에 젖어 있는 아버지들을 청소년 교육현장속으로 끌어들임으로써 어머니 중심의 자녀교육을 부모중심의 자녀교육으로 바꿀 수 있습니다. 아버지들이 사춘기에 접어든 청소년들을 교육현장 속에서 지도하고 이해함으로써 가정이 회복될 수 있습니다. 아내의 자녀교육에 대한 어려움을 이해하게 됩니다. 아버지들의 직장에서 터득한 살아있는 지식을 청소년들에게 줄 수 있습니다. 주말이나 방학 때는 배움터 선생님들이 근무하는 직장이나 대학을 탐방합니다. 대충 건물만 보는 것이 아니라 자세히 보고 장래 꿈을 구체화하는데 필요한 많은 유용한 정보를 얻습니다. 각 학교마다 방과 후 자율학습프로그램이 있지만 방과 후에 학원이나 과외를 받지 않는 학생이 거의 없습니다. 귀가시간만 늦어지고 아이들의 수면시간도 줄어들고 있습니다. 공부 때문에 스트레스 받은 아이들은 PC게임이라도 해야 직성이 풀립니다. 학교에서 수업시간에는 졸리거나 공부를 포기한 아이들은 잠을 청합니다. 입에 짜증이라는 말을 항상 달고 다닙니다. 그 아이들을 방과 후에 배움터로 자연스럽게 흡수하여 사교육을 줄이고 가정의 경제력이 자녀학습성장의 필수요소가 되지 않도록 유도하고 있습니다.

　시중 서점에 가보면 다양한 청소년 공부관련 서적들을 볼 수 있습니다. 이 책들은 하나같이 "이렇게 해야 한다", "이런 것은 하지 말아야한다"라는 강렬한 어조로 권고하고 있습니다. 전 그러고 싶지 않습니다. 저는 배움터를 운영하면서 경험하고 느낀 점들을 독자들과 단지 나누고 싶습니다. 그리고 저와 뜻을 같이 하는 많은 사람들을 만나고 싶습니다. 전 진정한 교육은 어느 누군가의 희생과 헌신에 의해 이루어진다고 믿고 있습니다. 이름도 빛도 없이 자기의 달란트를 다시 사회에 환원하고 있는 이 땅의 많은 뜨거운 가슴들에 의해 교육의 지도가 바뀔 것입니다. 서산해오름배움터를 운영하면서 많은 중·고등학생들을 가르치면서 겪은 가슴 아픔과 안타까움, 기쁨과 보람을 이 책을 통해 전달하고 싶었습니다. 진정으로 저의 마음이 이 책을 읽는 독자들 마음속에 메아리친다면 우리나라 교육의 새로운 변화의 싹이 틀 것이라 확신합니다.

서산해오름배움터 섬김이 **백상화**

:: 목차 ::

제1부
서산해오름배움터 태동기

서산해오름배움터의 첫걸음

2004년 12월 추운 어느 겨울날이었다. 난 연구소 입사동기들과 야간학교를 세워서 사교육을 받지 못하는 저소득층 학생들에게 배움의 갈급함을 해소해 주자는 순수한 취지로 그 당시 조규선 서산시장님을 만나러 서산시청으로 향했다. 야학 설립에 필요한 행정적인 지원과 예산 협조를 받고 싶어서였다. 때마침 내가 알고 있던 분이 서산시청 모 부서의 과장으로 계셨고, 그분이 중재를 하여 시장님을 만날 수 있었다. 시장님은 우리 얘기를 들으시고 나서 적극적으로 도와주겠다고 약속을 하셨다. 매년 연말이면 사회단체 보조금 신청공지가 시청 홈페이지에 게시되었다. 시장님은 야간학교 사업계획서와 보조금신청의뢰서를 제출하면 보조금을 받을 수 있도록 적극적으로 지원하겠다고 말씀하셨다. 우리는 그 이듬해 비영리 사회단체 보조금을 받아 서산시청에 정식으로 등록된 야학을 설립할 수 있었다.

배움터는 이렇게 시작되었다. 지금 생각해보면 이 당시 시청의 예산지원을 받지 못했다면 2~3년 정도 야학을 운영하다가 흐지부지 되었을 확률이 높았다. 예산지원을 받기가 쉽지 않았고, 해마다 예산지원을 받기 위해 여러 사회단체들이 줄을 서있는 상태여서 연말에 "야학을 계속 운영해야 하는가?" 등 고민과 의욕이 떨어질 때도 예산을 꼭 받아야지 하는 마음에 계속 야학을 운영하게 되었던 것 같다. 물론 예산 때문에 야학을 계속 운영한 것은 아니다. 우리가 사회로부터 받은 혜택을 다시 나누어주자는 순수한 우리들의 설립동기가 있었기 때문에 계속 야학을 지탱할 수 있었다. 동기란 어른이나 학생이나 모두에게 정말로 중요한 것 같다. 아이들에게는 공부를 열심히 하게 하는 원동력이고, 우리에게는 배움터를 계속 할 수 있도록 한 고마운 친구 같은 존재이다.

서산시의 예산지원을 통해 야학을 운영할 수 있는 재원은 일부 마련이 되었지만, 아이들과 같이 공부할 교실이 없었다. 지금 생각해보면 정말로 대책 없이 야학을 시작한 것 같아 웃음이 절로 나온다. 다행히 유치원을 경영하시는 지인분이 밤에는 유치원생들이 없기 때문에 야학교실로 사용해도 좋다고 하여 유치원을 야학교실로 사용하게 되었다. 교실이 해결되고 난 후 나와 연구소 입사동기들은 저소득층 학생들을 모집하는 방법에 대해 고민하기 시작했다. 고민 끝에 서산지역 신문에 광고를 내기로 하였고, 그 결과 그해 1학기에 45명의 서산지역 중학생들이 배움터에 입학하게 되었다. 45명의 학생들 중에 팔봉중학교 학생들이 많았다. 팔봉중학교는 서산시와 태안읍 사이에 어송이라는 농촌지역에 위치한 농어민 자녀들을 위한 특성화 중학교였다. 농어민 자녀이다 보니 대다수 학생들이 어렵게 공부를 하고 있었고, 해오름배움터의 입학취지에도 맞았다. 현재 팔봉중학교(교장 조영선)는 농촌지역이라는 어려운 환경여건 속에서도 지상에서 가장 행복한 학교가 되자는 꿈을 갖고 기초와 기본을 중요시하고, 창의성과 리더

쉽을 겸비한 글로벌 인재를 양성하기 위하여 교장 선생님 이하 모든 교사들이 열심히 구슬땀을 흘리고 있다.

　　보통 야학이라 하면 일반 국공립학교에 입학하지 못하는 학생 또는 학업의 기회를 놓친 성인들을 모집하여 일정기간 가르친 후 적정수준의 학업성취도 인증을 위하여 검정고시를

보게 하는 것이 목적이나, 우리가 설립한 배움터는 기존의 야학과는 다르다. 정규 학교수업을 마치고 방과 후에 학생들의 학습을 보충해주는 야간학교이다. 야간 자율학습이 각 학교마다 운영 중인데 왜 이런 식의 야학을 하냐고 질문하시는 분들이 있을 수 있다. 실제 야간 자율학습이 있으나, 대다수 학생들은 별도의 과외나 학원을 추가로 다니고 있다. 또한 일선 현직 교사들의 의견을 들어보면 각 학교의 상위권 학생들에게만 일부 도움이 될 뿐 전체 학생들 견지에서는 야간자율학습의 효과도 보장할 수 없는 것이 현실이라는 것이다. 더군다나 저소득층 학생들은 경제적인 뒷받침이 어렵다는 이유로 과외나 학원, 기타 보충학습의 기회를 상대적으로 박탈당하고 있다. 효과가 미약한 야간자율학습과 개인 보충학습의 기회가 없는 가정형편이 어려운 저소득층 학생들을 위해서 무료 배움터를 운영하여 학습의 불균형을 해소해보자는 취지에서 배움터는 시작되었다.

유치원에서 1학기를 시작하다

유치원은 생각보다 중학생들에게는 많이 비좁았고 환기가 잘되지 않았다. 특별히 책상과 의자가 중학생들이 사용하기에 너무 작았다. 유치원 아이들에게는 문제가 되지 않았으나, 상대적으로 몸집이 큰 중학생들이 교실로 사용하는데 있어서 약간 어려움이 있었다. 하절기가 시작되는 6월부터는 학생들의 발 냄새와 땀 냄새가 섞여 오묘한 향기를 뿜었고, 그럼에도 불구하고 가르치는 우리는 야학을 시작했다는 기쁨과 열정으로 여러 환경적인 어려움을 이겨낼 수 있었다. 수업이 끝나면 청소를 한다고는 하지만 많이 부족하였고, 특히 발 냄새는 하루가 지나도 없어지지 않아 다음날 유치원 꼬마들에게도 영향을 주는 것 같았고 교실을 사용하도록 허락해 주신 유치원 원장님께 너무 죄송하고 미안한 마음이 들었다. 원장님은 그런 점을 내심 알고 계심에도 아무런 원망을 하지 않으셨고, 그렇게 한 학기를 마칠 수 있었다. 수업이 끝나면 학생들을 집까지 태워주는 것도 큰일이었다. 팔봉중학교 학생들은 대부분 어송지역에 살고 있었기 때문에 배움터에서 아이들 집까지는 차로 족히 30분은 소요되었다. 학생들을 가르칠 수 있는 교사는 있으나, 차량봉사자를 찾기가 매우 어려웠다. 다행히 내가 출석하는 교회의 장로님들이 배움터를 위해 좋은 일을 하겠다며 자청하셨다. 좋은 일을 하는 곳에는 꼭 도움을 주시는 많은 분들이 자발적으로 모인다는 단순한 진리를 다시 한 번 깨닫게 되었다.

학생들의 학습동기부여와 교사들의 다음 학기 수업준비를 위해 해오름배움터는 일반학교와 마찬가지로 여름방학과 겨울방학을 두고 있다. 방학은 배움터 운영에 있어서 여러 가지 큰 의미가 있다. 방학을 이용해서 견학을 가거나 선생님들은 다음 학기 준비를 위해서 쉼을 얻고 가르칠 과목을 준비할 수 있기 때문이다. 배움터가 시작된 2005년 첫 여름에 학생들을 데리고 내가 근무하는 국방과학연구소 종합시험본부(충남 태안 소재)를 방문했다. 종합시험본부는 개발완료 전 또는 개발완료 후 각종 무기들을 시험하는 국내 유일의 무기체계 종합시험장이다. 그 당시 본부장님의 승낙을 받아 시험장을 방문하게 되었다. 배움터 아이들은 각종 무기들을 보고 장차 커서 국방과학연구소의 연구원이 되겠다고 말하는 아이들도 있었고, 빨리 북한과 평화통일이 되었으면 좋겠다고 말하는 아이들도 있었다. 연구소 견학은 아이들에게 새로운 포부와 희망을 준 좋은 기회였다. 연구소를 안내한 나도 아이들의 희망에 찬 다짐을 보며 연구소에 대한 자긍심을 새삼 느끼게 되었다.

국방과학연구소는 2014년 5월 12일 제21대 정홍용 소장님이 취임한 이후 연구소 3대 비전 선언을 통한 세계일류연구소로, 국가 공공기관 중 가장 깨끗하고 청렴한 기관으로, 직원 간 소통이 잘 되는 창의적인 연구소로 거듭나고 있다.

배움터의 운영원칙

아이들을 가르친다는 것은 수학, 영어 등을 지식적으로만 가르치는 것은 아니다. 또한 지식적으로만 가르치는 것도 거의 불가능하다. 왜냐하면 아이들과 같이 공부하다가 보면 여러 가지 공부와 직접 상관이 없는 관리적인 측면이 계속 눈에 보이기 때문에 지식 가지고만 되는 것이 절대 아니기 때문이다. 떠드는 아이들을 주의시켜야 하고, 공부 중에 거울을 계속 보는 여학생들에게 공부에 집중하도록 권면해야 한다. 쉬는 시간에 화장실을 간다든지 아니면 편의점에 잠깐 가서 먹을 것을 사먹는다든지, 수업이 다 끝난 후 뒷정리를 한다든지, 선생님에게 간혹 상담을 청하는 아이들에게는 어떻게 대답해 줘야 하는지 많은 생각과 나름대로의 기본 원칙을 가지고 있어야 한다. 원칙이 없으면 아이들의 자율성을 해치지 않는 범위 내에서 교사와 학생 간의 소통과 공부에 대한 만족감을 줄 수 없다. 배움터가 설립되고 나서 원칙을 어떻게 세울 건가 고민을 많이 하였다.

나는 원칙의 범위를 몇 가지로 나누었다. 첫째 학습 이외의 원칙이다. 교실에 들어올 때, 수업 중에 조심해야 할 부분, 수업이 끝난 후 해야 할 일과 귀가 차량 이용 시 지켜야 할 것 등이다. 즉 수업 전, 중, 후에 대한 원칙이다. 둘째는 학습의 원칙이다. 선생님께 질문하는 방식, 내용과 과목별 학습의 효율을 올리기 위한 팁(Tip), 학습능률을 저해하는 학습

방법, 노트정리, 교재선택방법, 시험전 기간별, 단계별 학습방법 등이다. 지켜야 할 원칙을 세우고 아이들과 함께 잘 지켜나가도록 안내하고 교육시키는 일도 가르치는 것 못지않게 중요하다. 왜냐하면 이러한 원칙이 결국에 아이들의 인성발달, 학습의 효율 및 성적과 직결되기 때문이다. 아이들의 만족도와 연결되고 공부에 대한 자신감으로 이어지기 때문에 초창기에는 배움터의 원칙을 잘 세우고 잘 지키는 것에 집중하였다. 만약 아이들이 배움터의 원칙을 어겼을 경우 후속처리를 어떻게 할 건가도 원칙을 세우는 것만큼 중요하다. 한 학기에 3번 이상 무단결석을 하면 퇴학조치를 한다거나, 수업시간에 공부는 하지 않고 계속 옆 아이와 떠들 경우 복도에 나가서 혼자 서있게 한다거나, 수업 도중에 선생님의 권고나 지시를 계속 따르지 않을 경우는 수업을 중단하고 수업의 중요성을 재차 일깨워 준다든지 등의 후속조치가 있을 수 있다. 물론 이러한 후속조치의 기본원칙은 아이들이 한 명도 낙오자 없이 공부를 열심히 하게끔 하는 데 있다.

2학기 시작하기 전에 내가 출석하는 교회 담임목사님께서 유치원에서 공부하지 말고 교회별관을 빌려 줄 테니 교회건물을 사용하라는 말씀을 하셨다. 교회건물은 지금 사용 중인 유치원보다는 시설이 월등히 우수하지만 몇 가지 고민이 있었다. 먼저는 종교적인 문제이다. 해오름배움터 학생 대다수는 교회를 다니지 않는 학생들이다. 교회로 들어갈 때 종교적인 의도를 갖고 아이들을 가르치는 것은 아닌가라는 외부의 시각이 있을 수 있고, 서산시청 사회단체보조금을 계속 받을 수 있는가에 대한 의문이 생기기 시작했다. 사회단체보조금은 종교적인 목적을 갖고 하는 모임에는 예산을 지원하지 않기 때문이다. 그래서 시청에 먼저 문의를 하게 되었다. 건물만 교회건물을 사용하지 특별한 종교적인 의도를 갖고 아이들을 가르치지 않는다고 설명을 하였다. 다행히 시청에서는 승인해주었고, 우리는 2학기부터는 시설이 좋은 교회건물에서 아이들을 가르칠 수 있게 되었다.

배움터는 서산지역 7~8개 중학생들이 모인 곳이라 학교마다 아이들이 약간씩 학습문화와 놀이문화가 달랐다. 팔봉중학교 아이들은 농어촌지역 학교의 아이들이라 도시아이들보다 순수했다. 서로 도와주는 부분도 많았고 정도 많았다. 거기에 비해 서산 시내에 위치한 중학교에서 온 아이들은 주위가 산만하고 서로 도와주고 배려하는 모습이 상대적으로 부족했다. 배움터는 대부분 사교육의 혜택을 받을 수 없는 저소득층 아이들과 일부 공교육에서 퇴학조치 되었거나 자퇴한 아이들을 가르치는 곳이기 때문에 아이들이 넉넉한 편이 아니다. 가정환경도 그렇게 좋은 편도 아니다. 그렇기에 여러 문제점을 갖고 입학한 학생들이 많았다. 이러한 학생들을 가르친다는 것은 선생님의 여러 자질 및 교사능력과 관계되는 부분이라 특별히 교사훈련을 받은 경험이 없는 배움터 교사에겐 일종의 도전과 모험이었다.

해오름배움터는 2005부터 지금까지 약 50여명의 선생님들이 아이들을 가르쳐 오고 있다. 2014년 현재도 10명의 교사가 아이들을 가르치고 있으나, 나 외에는 처음 가르치는 교사다. 그만큼 교사가 오랜 기간 동안 아이들을 가르친다는 것이 어렵다는 것을 말해주고 있고, 지방에서 무보수 교육봉사단체의 교사 찾기가 매우 힘들다는 것을 말해준다. 지금까지 가장 오랜 기간 동안 가르친 교사가 3년을 가르쳤다. 일부 대학생들 교사에게 교통비를 제공하는 것 외에는 가르치는 교사에겐 사례비가 없다. 이점은 내가 지켜온 원칙이며, 사회단체보조금 지원 원칙이기도 하다. 내가 국가와 사회로부터 받은 혜택을 아이들에게 아낌없이 나누어 주자는 취지에서 시작한 것이기에 사례비를 받는다는 것은 배움터 운영원칙에 맞지 않기 때문이다. 간혹 사례비를 줄까 하는 유혹에 빠질 때도 있다. 왜냐하면 사례비라도 지원하면 소위 말해 학습전문가를 초빙할 수 있기 때문이다. 그러나 사례비를 지원할 수 있는 형편도 안 되었기 때문에 그림의 떡이었다. 그러나 나중에 다시 한 번 이야기를 하겠지만 무보수 교육봉사에는 현실적인 한계가 있다. 교사의 사기진작과 동기부여, 교사수급 등의 문제가 있기 때문에 사례비 말고 다른 방법으로 보상할 수 있는 방법은 없는지 고민하게 되었다.

학습 동기부여 방법

아이들이 공부를 즐겁고 기쁘게 하는 방법은 없을까? 많이 고민하고 생각했다. 나의 과거 경험을 보면 내가 왜 학창시절에 그렇게 공부를 했을까? 지금 생각해보면 비전도 물론 어렴

풋이 있었지만 자존감, 자존심, 경쟁심리가 공부의 큰 원동력이 되었음을 부인할 수 없다. 학습의 동기부여 방법에는 여러 가지가 있을 수 있다. 성적이 오를 경우 상장을 주거나 장학금, 입학금을 주는 방법, 사회적으로 성공한 사람들의 성공담을 듣거나, 직접 성공한 사람들이 근무하는 직장의 견학을 통해 비전을 키워주는 방법(일명 직장체험), 공부는 매우 재미있다는 것을 여러 가지 방법으로 알려주고 지도해주는 것, 성적이 일시적으로 떨어져 건설적인 비교의식 속에서 자존감 또는 자존심이 발동하여 열심히 공부하게 하는 방법 등이 있을 수 있다.

위 방법 중 1~3번째는 외부동기부여라면 마지막 4번째는 내부동기부여, 즉 스스로 동기부여를 갖는 것이다. 1~3번째 중 마지막 3번째가 외부동기부여 중 가장 어렵다. 공부가 재미있다는 것을 어떻게 아이들에게 가르쳐줄 수 있단 말인가? "나는 공부가 가장 쉬웠어요.", "나는 공부가 가장 재미있었어요."라고 몇 가지 공부체험 수기들도 보았지만, 대다수 아이들에게 적용할 수 있는 일반적인 내용이라 하기에는 역부족이다. 솔직히 말해 공부가 재미있다는 것을 가르쳐주기보다 공부를 잘 할 수 있도록 격려와 칭찬을 어떻게 하느냐가 더 중요하다. 1~2번은 한시적인 방법이지만 3번은 지속적인 노력이 필요한 방법이기 때문에 힘들고 어렵다. 지금의 공교육은 과다한 학생수, 경직된 교육과정, 관료적 학교운영, 입시과열 등으로 교사나 학생 모두 학교에 흥미를 잃고 있다고 한국교육

개발원(KDI)에서 발표한 적이 있다. 학습동기부여는 학생 스스로 열심히 노력해야 하는 부분이 크지만, 학습 분위기, 인프라 등 공교육이 뒷받침이 되어야 한다. 공교육에 등을 돌린 많은 학생들이 사교육에 몰입하고 심지어는 이민을 가는 실태까지 벌어지고 있다. 이민의 주 이유가 자녀교육이 90% 이상을 차지한다는 보고가 있다. 이 시점에 우리나라 국민들이 흔히 하는 말이 있다. "국가가 조령모개식 교육정책을 남발하기 때문이다.", "책임 있는 교육입안자들이 없기 때문이다.", "정부가 잘못하고 있다"고 하면서 책임을 정부에 전가하고 있다. 그러나 자세히 들여다보면 사교육 운영의 주체는 국민이고, 이민을 가는 것도 국민이고, 과외의 주체도 국민이다. 정부가 잘못되었으니 사설 학원을 경영하고 개인과외를 운영하는 게 아닌가? 라고 반문할 수 있지만 사실 그건 말장난이고 책임회피다. 본인 이익을 위해 선택하고 나서 정부교육정책을 비판하는 것은 이율배반이다. 나는 이점 때문에 대안으로 서산해오름배움터를 설립하게 되었다. 상식적인 공교육이 먼저 살아야 한다. 그 개념 위에서 모든 교육정책이 논해져야 한다. 서산해오름배움터는 공교육지원 통합자율야간학교, 즉 공교육을 살리기 위한 방과 후 학생들을 위한 자율적인 야간학교이다.

물론 해오름배움터도 타 교육기관에서 말하는 비전을 중요시 여긴다. 학습의 동기부여와 현 공교육의 침체도 비전을 통해 일부분 해소될 수 있기 때문이다. 비전은 마음에만 담고 있는 것이 아니라 행동으로 옮겨져야 진정한 비전이 될 수 있다. 내가 장차 무슨 일을 할 것이며 왜 할 것인가를 노트에 적어야 한다. 선한 목적을 가지고 있어야 하고 편협하지 말고 대의를 추구해야 한다. 실제 성공한 사람들을, 행복한 사람들을 만나고 그 사람들이 일하는 직장을 직접 눈으로 보아야 한다. 비전은 추상적이면 안 되고 구체화되고 현실과 연결되어 있어야 한다. 해오름배움터에서는 아이들에게 비전을 노트에 쓰도록 하고 SHEP(쉐프, 체험견학프로그램)를 통해 보고 느끼고, SHMP(쉼프, 멘토링 프로그램)을 통해 많은 사람을 만난다. 쉐프와 쉼프에 대해서는 이 책의 마지막에서 자세히 이야기하겠다.

2005년 2학기를 무사히 마치다

2005년 2학기부터는 좋은 시설을 갖춘 교회 별관에서 아이들을 가르칠 수 있게 되었다. 배움터에 자원하는 교사들도 연구소 입사동기와 후배연구원이 주축이었는데 외부교사들도 들어오기 시작했다. 서산지역 인근에 위치한 한서대학교 항공학부 학생들, 삼성, 한라, 데이콤 등 기업체 직원, 학원 선생님, 현직교사, 학부모 등이 참여했다. 다양한 교사들로 구성된 만큼 각자 배움터에 대한 의욕과 생각도 조금씩 달랐다. 지방이니 만큼 교사를 초빙하기가 힘들었고 학생들에게 배움터가 있다고 홍보하는 것도 어려웠다. 초기에는 지방신문이나 교차로 등을 통해 광고를 하여 모집하거나 지인들을 통해 해당 청소년들을 모집하였다. 저소득층 가정의 아이들을 광고를 통해 모집한다는 것이 현실적으로 어려움이 있다. 따라서 학원이나 과외를 받지 않는 아이들을 모집한다고 광고를 했다. 모집하고 보니 해오름에 해당이 안 되는 학생들도 있었다. 넉넉한 가정에서 자라난 아이들이지만 학원과 과외가 적성에 맞지 않아 해오름에 들어온 학생들도 있었다. 이것을 계기로 후에는 각 학교로 공문을 보내어 학교 추천과 선발을 통해 모집하게 되었다.

　2005년 2학기를 마무리할 즈음에 서산시청에서 정산보고서와 내년도 사업계획서를 작성해달라고 공문이 왔다. 정산보고서에는 보조금과 자부담으로 나뉘어져 있고 영수증, 아이들 사진, 견학사진 등을 첨부하도록 되어 있었다. 투명한 서산시정을 운영하려는 시장님의 시정책에 따른 것이다. 초기에는 통장으로 보조금이 입금되면 배움터 운영을 위해 현금을 사용했지만 후에는 보조금결재 카드를 모든 보조금 지원단체에 발급해 예산지출을 투명하게 만들었다. 정산보고서와 다음년도 사업계획서 작성에도 많은 시간과 수고가 필요했다. 학교건물이 있으면 교무실에서 정산보고서와 사업계획서를 짜임새 있게 작성하고 관련서류도 일목요연하게 관리할 수 있을 텐데 하면서 많이 아쉬워했었다. "학습교구와 교재들도 일정한 장소에 보관하고 수업 때마다 꺼내서 사용하면 얼마나 좋을까?" 생각을 했었고 교재들도 자체적으로 제작하고 싶었다. 학기말 종강식 때는 1년간 성적이 우수한 아이들이 아닌 배움터에서 학습태도가 모범적인 아이들에게 상장과 학용품을 선물하였다. 다른 아이들에게는 성적보다 학습태도와 생활태도가 더 중요하다는 생각을 심어주고 싶었다. 지금도 배움터는 성적보다 태도를 가지고 학기말에 시상을 한다.

다음 해 2006년 2월 겨울방학 때 부여국립박물관과 드라마 서동요 세트장을 견학하였다. 야외 드라마세트장은 어떻게 만들어지고 극중 인물들은 역사적으로 어떠하였는지 직접 견학을 함으로써 아이들이 느끼도록 하였다. 2005년 여름방학 견학과 2006년 겨울방학 견학은 아이들에게 새로운 도전과 세상을 보여준 좋은 기회였고, 해마다 이 프로그램을 발전시켜 나가겠다고 다짐하였다.

행복을 주는 해오름배움터

    2006년 1학기 학생들을 모집하기 위하여 2월 학생선발공문을 각 중학교로 송부하였다. 각 중학교에서는 해오름배움터가 뭐하는 곳인가 의아해 했다. 단지 믿을 만한 구석은 서산시청에 정식 등록되어 있는 야학이라는 것 외에는 아무런 정보가 없었기 때문이다. 그래서 직접 각 학교를 찾아가 설명하기로 마음을 먹었다. 공휴일과 퇴근 후 각 학교의 교무실을 찾아갔다. 실무행정을 맡고 있는 교감선생님들을 만났다. 이때 나에게 큰 선물과 보람을 주셨던 부석고등학교 황하영 교감선생님을 만나게 되었다. 교감선생님은 나의 이야기를 듣고 적극적으로 지원하겠다고 약속을 하셨다. 인정해주고 알아주는 교감선생님이 계셔서 힘이 났다. 그러나 정반대인 학교도 있었다. 학교를 찾아가서 설명을 드렸는데 출판사에서 책 팔러 온 사람처럼 우리를 대하였다. 공교육을 지원하고 저소득층 아이들을 무료로 가르치겠다고 하는데도 의심의 눈으로 바라보는 학교도 있었다. 우여곡절 끝에 학생모집을 모두 마치고 2006년 1학기를 시작하게 되었다. 이때 또 어려운 일이 생겼다. 입사동기였던 동료 최순재 씨가 대전 본소 연구소로 전근명령을 받은 것이다. 가장 나에게 큰 힘이 되었던 동료가 나와 헤어지게 되었다. 그리고 내가 가장 아끼고 나에게 힘이 되었던 구진순 후배가 연구소를 떠나 대학에서 특수교육을 전공하겠다고 퇴소를 한 것이다. 여기서부터 나는 혼자가 되었다. 나를 적극적으로 도와줄 동료도 후배도 없어진 것이다. 나는 홀로서기를 마음먹고 이걸 계기로 더욱 배움터에 매진하게 되었다. 이때부터 교사의 대부분이 외부인으로 대체되었다. 연구소 직원은 2~3명이고 대부분 서산지역 시민들로 구성이 되었다. 오히려 그러면서 배움터가 외부에 알려지기 시작했다.

아이들과 하는 수업은 그렇게 어려움이 없었다. 대다수 아이들이 선생님이 가르치는 것을 잘 따라오고 숙제도 열심히 하는 편이었다. 아이들이 학교에서 수업하고 오기 때문에 저녁에 하는 수업이 학교수업의 단순한 연장이라는 느낌을 주지 않기 위해 노력하였다. 무조건 책을 보고 가르치기보다 새로운 생각, 새로운 교육방법을 시도하기도 했다. 간혹 정치가, 국방이, 사회가 어떤가를 서로 이야기하기도 했지만, 요즈음 아이들의 관심은 다분히 개인적이고 또래중심이기 때문에 무겁고 새로운 주제에 대해 이야기하는 것이 분위기를 자주 어색하게 만들기도 했다. 그러나 좀 더 넓고 큰 새로운 생각, 새로운 시각은 아이들에게 뭔가 도전적인 의식과 장래의 미래상을 간접적으로나마 그려보는데 도움을 주는 효과가 있기 때문에 분위기가 좀 싸늘해져도 의식적으로 조금씩 아이들에게 전달을 하였다.
미국 버락 오바마 대통령이 어떻고, 북한의 정치적인 상황이 어떻고, 대안교육이 어떻고, 올바른 교육은 어떠해야 하는지를 이야기하는 것이 아이들에게는 큰 흥밋거리가 되지 않기 때문에 오히려 공부에 방해를 줄 수도 있으나, 아이들과 공부하는 것도 어떻게 보면 우리가 살아가야 할 세상을 더 잘 알고 잘 대비하기 위함이 아닌가? "지피지기면 백전백승"이라고 하지 않았나! 물론 이런 이야기를 할 때 즐겁게 재미있게 이야기하는 것이 중요하다. 어려운 주제를 재미있게 이야기하는 것은 전적으로 선생님의 몫이다. 이런 사유로 배움터 교사라 할지라도 교사훈련 프로그램이 꼭 필요하겠다는 생각을 했다. 아이들과 소통하고 세상의 무거운 주제를 아이들에게 재미있게 얘기해주려면 자질이 필요하다. 그런데 이런 자질은 선천적일 수도 있지만 후천적인 노력이 더 중요하다. 그래서 교육훈련 프로그램이 중요하다. 후에 학교건물을 정식으로 세우면 꼭 실천해야 할 원칙 중의 하나이다.

내가 해오름배움터를 운영하는 것은 저소득층 학생들에게 배움의 갈급함을 해소해주자는 순수한 목적도 있지만 가르치는 교사도 이 일을 통해 즐겁고 보람되고 행복해야 한다고 생각한다. 취지는 좋지만 운영하는 사람이 행복하지 않다면 언제 그 일이 끝날지 모를 일이다. 배움터에서 배우는 아이들도 결국에는 성공하고 행복해지기 위해 공부하는 것이 아닌가? 그래서 난 항상 성공이 무엇인가 행복이 무엇인가에 대해 나 자신에게 자주 물어 보곤 한다. 과연 빌게이츠가 행복할까? 그가 성공한 사람인가? 스티브 잡스는? 빌 클린턴 대통령은? 오프라 윈프리는? 나는? 너는? 몇 년 전 이야기이지만 TV에서 행복전도사라고 불리던 최윤희라는 분이 남편과 같이 어느 모텔에서 자살을 했다는 보도를 접했다. 행복을 그렇게 외치던 분이 자살이라니? 믿기지가 않았다. 나에게는 작은 충격이었다. 그래서 진정한 성공과 행복에 대해 더 궁금증이 생겼다. 앤서니 그랜트와 엘리슨 리가 쓴 "행복은 어디에서 오는가?"라는 책에 보면 행복은 즐거움, 의미, 참여가 조화를 이룰 때 찾아온다고 말한다. 내가 하는 일이 즐거운가? 의미 있는 일인가? 참여하는 일인가? 물어보고 3가지가 잘 조화를 이루고 있다면 행복한 사람이라고 한다. 나는 아이들을 가르치는 것을 좋아한다. 그리고 배움터 운영은 의미 있는 일이다. 그리고 여러 명의 아이들과 교사들과 관계성을 갖고 적극적으로 이 일에 개입하고 리드한다. 이 책에서 정의된 대로라면 난 배움터를 운영하며 행복을 즐기고 있는 사람이다.

그런데 이러한 것들이 공짜로 얻어지는 것은 절대 아니다. 이 책에서는 다음과 같이 말해주고 있다. 의미 있는 일을 위해서는 목표와 가치를 바로 세워야 한다. 적극적인 참여를 위해서는 친절하기, 나의 마음상태를 잘 파악하기, 할 수 있다는 자신감, 감사, 용서, 다른 사람들과 좋은 관계를 위한 노력, 자기평가 및 성찰 등의 행복한 습관들이 있어야 한다. 난 계획을 세우는 것을 매우 좋아한다. 세밀하게 실현가능하도록 계획을 세우는 일을 즐긴다. 가능한 상대방에게 친절하게 다가가려고 노력한다. 부정적인 마음을 갖지 않기 위해 희망의 상상을 자주한다. 할 수 있다는 자신감이 넘친다. 자주 감사하며 자기성찰을 하려고 노력한다. 그런데 나에게 약점이 있는데 그것은 용서와 다른 사람들과의 관계성이다. 나에게 해를 끼친 사람을 생각하며 노여워하고 쉽게 흥분을 가라앉히지 못한다. 나에게 해를 주는 사람과는 같이 있는 것이 너무 불편하다. 적과의 동침이 잘 되는 사람들도 많지만 난 내가 싫어하는 사람과 같이 있으면 얼굴 표정에서 벌써 드러난다. 분노를 조절하지 못하면 판단이 흐려지고 피해의식에 사로잡혀 주눅이 들게 되고 자기 통제력을 잃게 된다고 한다. 난 배움터를 꾸준히 운영하면서 나에게 피해를 준 사람에게 연민의 정과 동정심이라는 감정이입을 통해 용서를 배울 수 있었다. 결국 행복이란 돈이나 명예를 통해 얻는 것이 아니라 의미있고 즐거운 일을 여러 사람들과 함께 적극적으로 해 나갈 때 자연스럽게 오는 것이다. 해오름배움터는 나에게 행복을 주고 있고 나를 행복한 사람으로 만들어 주고 있다.

고마운 배움터 선생님들

해오름배움터가 약간씩 외부로 알려지고 학생들에게 과제도 주고 교사들끼리 정보를 교환하기 위해서 다음 포털사이트에 서산해오름배움터 카페를 개설하였다. 각반 선생님들의 사진을 올리고 학습 자료를 공유하였다. 학생들끼리 이야기를 주고받을 수 있는 공간도 만들었다. 서산시청 보조금신청공문이나 각 학교로 발송한 학생추천공문도 홈페이지에 업로드 하였다. 여러 공문들을 홈페이지에서 관리하니 매우 편리하고 업무효율이 높아졌다.

2006년도에 아끼던 구진순 후배가 못다한 공부를 더 하려고 대학교로 갔지만 다른 많은 후배들이 2006년 1학기에 배움터에 같이 동참해주었다. 윤향덕, 류충호, 권병수, 박노석, 이정용 등 많은 후배 연구원들이 배움터에 새로 들어옴으로써 나에게는 큰 힘이 되었다. 신실한 후배들이다. 특별히 류충호 후배는 배움터 설립초기에 서산해오름배움터라는 배움터의 이름을 지어주었고, 윤향덕 후배는 얼마나 아이들을 열정적으로 가르치는지 옆 교실에서 아이들을 가르치는 다른 선생님들에게 큰 힘이 되었다. 달리 표현하자면 윤향덕 후배는 얼마나 아이들을 큰 소리로 가르치는지 옆 교실에서 아이들을 가르치는 다른 선생님들에게 방해가 될 정도였다. 큰 소리로 가르친다는 것은 아이들을 향한 뜨거운 열정이 없이는 할 수 없다. 이정용 후배는 배움터를 인연으로 연구소에서 나와 같이 일하게 되어 너무 기뻤고, 후배가 퇴사하기까지 언 10년 동안 나와 동고동락한 막역한 사이가 되었다. 정말로 진국이었던 후배인데 퇴사를 하게 되어 너무 안타까웠다. 이렇듯 배움터는 후배들과 외부선생님을 통해 운영되었다. 특별히 외부교사 중에는 서울과 부천의 학원가에서 꽤 유명하셨던 박현주라는 중·고등학생 수학선생님이 계셨는데, 아이들을 가르치려고 그 먼 곳에서 오셨다. 지금은 무엇을 하고 계신지 알 수는 없으나 감동이었다. 배움터에서는 교사들에게 사례비를 주지 않는다. 쌓여진 후원금이 많지 않기도 하지만 사례비를 주지 못하도록 서산시보조금규정에 명문화되어 있기 때문이다. 그 점이 항상 죄송하고 마음이 불편하였다. 박현주 선생님은 사레비는 고사하고 본인이 직접 학원에서 번 돈을 배움터에 후원하셨다. 충청투데이 기자이셨던 박계교 선생님은 국어를 가르치셨는데 기자라는 직업이 얼마나 머리 아프고 힘든 일인가? 그럼에도 불구하고 아이들을 가르치실 때는 얼굴 한번 찡그리지 않으신다. 정말로 세상에는 좋은 분이 많다는 것을 새삼 느꼈다.

2006년 2학기도 1학기와 같이 아이들과 씨름하면서 금방 지나갔다. 2007년 겨울방학 때 아이들과 함께 한서대학교에서 운영하는 태안 곰섬비행장을 견학하였다. 개인적으로 알고 있는 항공학부 교수 한분이 거기에 계셨다. 관제탑부터 비행기 조종 시뮬레이터까지 상세하게 안내해 주셨다. 한서대학교(총장 함기선)는 지방에 소재한 그리 크지 않은 대학교이지만 항공학부를 특화시켜서 서산 및 당진지역 인근주민들과 심지어는 서울지역까지 꽤 좋은 평을 듣고 있다. 특히 많은 중국 대학생들이 유학을 와서 배우고 있고, 한국에 대한 좋은 이미지를 심어주고 있다. 배움터 아이들은 무거운 비행기가 어떤 원리에 의해 날 수 있는지? 어떻게 조종되는지? 조종사는 어떤 교육을 받는지? 관제탑에서는 비행기를 어떻게 관제하는지? 자세하게 알게 되었고 동행한 선생님들도 많은 것을 배울 수 있었던 좋은 기회였다.

부석고등학교 수석입학 송경준

    이 당시 견학을 한 학생 중에 송경준이라는 학생이 있었다.
이 학생은 배움터를 졸업하고 부석고등학교에 수석입학을 하였는데, 그 당시 나는 얼마나 기뻤는지 모른다. 또 놀라운 사실은 이 학생이 대학을 들어가고 나중에 배움터 교사를 자원한 것이다. 배움터 출신 학생이 교사가 된 1호였다. 경준이는 가정형편이 넉넉지 못했다. 본인이 성공하는 길은 오로지 공부밖에 없다고 생각하고 열심히 공부했고 나도 개인적으로 많은 관심을 가졌었다. 경준이는 고등학교를 졸업하고 한서대학교 항공학부에 입학했고 현재 ROTC장교이다. 경준이는 배움터에 매우 고마운 마음을 갖고 있다. 배움터에서 장학금도 주었고 여러 선생님들이 관심과 사랑을 보내주었다. 서울대 황농문 교수가 쓴 '공부하는 힘'이라는 책을 보면 어려운 역경 속에서 타인으로부터 사랑과 관심을 받으면 훌륭하게 자라고 나중에 성공할 확률이 높다고 말하고 있다. 경준이는 어려운 환경 속에서 배움터 선생님들의 사랑을 통해 열심히 한걸음 한걸음 자기의 길을 걷고 있다. 타인을 위한 사랑과 관심과 배려는 대단한 힘을 발휘한다.

그렇지만 모든 학생이 송경준은 아니다. 배움터는 원래 저소득층 아이들 위주로 가르치는 곳이기 때문에 가정환경과 형편이 어려운 학생들이 많이 입학한다. 그 중에 모 중학교 1학년 김 아무개라는 여자아이가 입학을 하였다. 이 아이는 어머니와 단 둘이서 사는데 공부시간에 항상 주위가 산만하였다. 어느 날 배움터 수업시간 중에 같은 교실 친구들과 싸움이 벌어졌고 급기야 배움터 2층 교실에서 창문을 통해 뛰어내린 것이다. 뛰어내린 이 아이는 도망가고 같이 싸웠던 아이는 이 아이를 뒤쫓기 시작했다. 007 영화를 보는 듯 했다. 간혹 여자 아이들의 대담함은 남자 아이들을 능가한다. 이 아이들은 그 후 배움터에 나타나지 않았다. 2층이 어른 키 두 배 높이는 되는데 다치지 않았는지 궁금하였다. 후에 같은 학교에 다니는 아이들을 통해 들은 바로는 다행히 다친 데가 없다는 것을 확인하였다. 이 일이 있은 후 난 아이들에게 주위를 산만하지 않게 집중하여 공부하게 하는 방법은 없을까 고민하기 시작했다.

학생들의 진로지도

공부는 머리가 아닌 자기 통제력에 달려 있다는 말이 있다. 월터 미셸의 '마시멜로 이야기'를 언급하지 않더라도 참는 것은 공부에 있어서 매우 중요한 핵심이다. 그러면 어떻게 어려운 공부를 잘 참고 계속 할 수 있는가? 학생 입장에서는 공부 이외에 하고 싶은 것을 모두 눈앞에서 제거하는 것이다. 학교수업시간에도 맨 앞줄에 앉도록 하고, 공부할 과목 이외에는 책상에 두지 않거나 스마트폰처럼 공부에 악영향을 끼치는 것은 멀리 하는 것이다. 그리고 교사 입장에서는 아이들에게 결과에 대한 칭찬보다는 과정에서 잘한 부분을 진심으로 칭찬함으로써 교사의 통제를 의도적으로 받고 있지 않다는 것을 느끼도록 하는 것이다. 배움터에서 공부 중에는 스마트폰이나 핸드폰은 절대로 보지 못하도록 권고하고 있고 공부과정에서 잘한 부분을 칭찬함으로써 아이들의 집중력을 높이고 있다. 선생님들의 목소리는 보통 성인 대화 때 목소리보다는 강하면서도 또박또박 발음하도록 노력했다. 수업 중간에 공부 이외의 재미있고 흥미난 이야기를 함으로써 공부에 대한 지루함을 없애려고 노력하였다. 공부에 대한 집중력이 아무런 대가 없이 주어지는 것이 아니다. 학생과 교사의 상호노력의 결과인 것이다.

2007년 2학기에 배움터가 서산시와 각 중학교와 고등학교로 널리 알려지면서 지역 청소년 교육의 공로로 서산 시장으로부터 표창을 받게 되었다. 서산시 로타리클럽과 서산사랑장학재단으로부터 장학금도 받게 되어 배움터를 운영하는 나로서는 너무 기쁘고 보람된 한해였다. 여름방학 때는 아이들과 함께 여의도 KBS방송국을 견학하였다. 몇몇 TV에서 보았던 탈렌트와 아나운서도 보았다. 아이들은 자기가 마치 배우가 된 마냥 기뻐하였다. 촬영세트장을 보면서 드라마와 뉴스는 어떻게 제작되는지 알게 되었고, 방송국이 개국하고 난 이후부터 2007년 현재까지의 걸어온 길도 알게 되었다. 방송국에서는 연극영화과, 영상미디어과, 전자공학과, 의상학과, 신문방송학과, 기상학과, 기악과, 국어국문학과 등 다양한 전공자가 필요하고 활달하고 적극적인 성격의 소유자들이 자기의 꿈을 얼마든지 펼칠 수 있는 꿈의 무대이기도 하다.

아이들은 청소년시기에 자기의 전공을 미리 정해두는 것이 좋다. 대학을 들어 갈 때도 학교보다는 전공을 우선하여 입학해야 나중에 후회 없는 인생을 살 수 있다. 그러나 현실은 학교의 대외홍보와 명문대 우선주의에 따른 개인 적성에 맞지 않는 전공을 선택하는 우를 계속 범하고 있는 것이 오늘날 입시교육의 현실이다. 그러다보니 우리나라에서 가장 우수하다는 서울대 학생의 절반 이상이 본인 전공에 대해 불만을 갖고 있다는 통계도 있다. 그런 측면에서 배움터 아이들에게 산업현장, 박물관, 방송국, 대학교, 연구소 등을 견학하는 것은 장래 진로를 결정하는 데 큰 도움을 주고 있다. 알고 가는 것과 모르고 가는 것은 정말로 차이가 어마어마하다. 그러나 공교육의 현실은 어떤가? 충분하게 학생들에게 진로지도를 하고 있는가? 충분히 외부 직업체험의 기회를 아이들에게 주고 있는가? 정말로 학생들을 위하여 진로지도를 하고 있는가? 스스로 물어볼 일이다. 학교도 빈익빈 부익부 현상의 예외일수 없어 지방에 소재하는 재정이 넉넉하지 않은 일반 고등학교 일수록 직업체험의 기회는 상대적으로 적다.

가스통에 불을 지른 중1 김철수

2학기에 입학한 학생 중에 김철수(가명)라는 학생은 어머니와 함께 둘만 사는 한부모 가정 자녀였다. 이 학생은 입학하고 나서부터 계속 배움터에 골칫덩어리 역할을 했다. 수업시간에 공부는 전혀 하지 않고 여학생들에게 계속 장난만 거는 정말로 산만하기 이를 데 없는 아이였다.

어느 날 정말로 큰 사고를 저지르고 말았다. 배움터 교실 뒤편 주방용 가스통과 화장실에 불을 지른 것이다. 수업 중에 나무와 종이 타는 냄새가 나서 교실 뒤편으로 가봤더니 가스통 옆에 불이 활활 타오르고 있었다. 금방 불을 낸 것 같았다. 왜 불을 지른 지는 정확히는 모른다. 왜 불을 냈느냐 다

그쳤지만 반성은커녕 헤헤 웃는 것이 아닌가? 자기가 얼마나 위험한 짓을 했는지 실감을 하지 못하는 것 같았다. 일찍 발견하지 못했다면 교회건물이 홀라당 다 타버릴 수도 있었다. 만약에 가스통이 폭발했으면 배움터 아이들이 여러 명 다칠 수도 있는 위험한 상황이었다.

2005년부터 해마다 이와 같은 아이들 꼭 2~3명이 입학을 하였다. 이런 아이들은 어떻게 교육을 해야 한단 말인가? 어떤 식으로 지도해야 나쁜 길로 가지 않고 공부를 열심히 할 수 있단 말인가? 어떻게 지도해야 다른 아이들에게 피해를 주지 않고 자기 잘못을 뉘우치고 반성하게 할 것인가? 답이 나오지 않았다. 몇 번의 훈계와 회유 등을 통해서도 이 아이는 전혀 달라질 기미가 보이지 않았다. 그렇게 학습 분위기는 이 아이를 통해 엉망이 되어 가고 있었다. 혼자 사시는 아이의 어머니에게서 꼭 잘 가르쳐달라는 요청의 전화가 몇 번씩 왔었다. 이 아이를 계속 데리고 가르치자니 다른 아이들에게 피해를 계속 줄 것이고 강제 퇴학조치를 시키자니 어머니의 간곡한 부탁을 외면하기가 어려웠다. 또한 이런 아이들을 가르치는 것이 배움터의 설립취지가 아닌가라는 생각이 들었다. 그렇지만 이 아이를 통한 부정적인 파급효과가 컸다. 멀쩡했던 몇몇 아이들도 이 아이에게 동조하기 시작했다. 결국 퇴학조치를 하였고 이 아이가 다니는 학교 교감선생님께 말씀을 드리고 더 이상 가르치기가 어렵다고 양해를 구하였다. 교감선생님의 목소리가 계속 떨렸고 무슨 말을 해야 할지 난감해 하셨던 모습을 아직도 기억한다.

이 아이를 사랑으로 따뜻하게 품어주기도 하고 몇 번 겁도 주고 타일러 보기도 했지만 요지부동이었다. 배움터의 설립취지가 가정형편이 어렵고 사랑을 못 받는 자녀들을 가르치는 것인데 김철수란 아이를 배움터에 더 이상 나오지 못하도록 조치한 것은 나의 양심의 문제이기도 했다. 사춘기에는 자기 통제가 어렵고 공부보다는 주변 환경에 더 민감해지는 시기인데 김철수는 사춘기보다 더 심한 외로움과 절망 가운데에 있다는 것을 대화를 나누면서 알게 되었으나 현실은 현실이기에 그와 같은 결정을 내렸다. 7년이 지난 이 시점에도 내가 잘한 행동인지 정확히 판단은 서지 않는다. 그러나 분명한 사실은 주위 아이들에게 좋지 않은 영향을 계속 끼쳐서는 안 된다는 것이다. 2007년 2학기는 김철수라는 아이로 인하여 한 학기가 금방 지나갔다.

배움터와 행복과의 관계

난 중3 수학을 계속 전담하였다. 수학은 영어보다 준비시간이 많이 필요하다. 사실 영어는 기본실력이 있으면 교재 없이도 얼마든지 가르칠 수 있다. 그러나 수학은 예습을 철저히 해야 하고 연습문제도 많이 풀어 봐야 한다. 그만큼 수학수업 준비시간은 길고, 어떤 때는 하루가 꼬박 걸린다. 그렇지만 누군가가 분명 이 어려운 일을 해야 한다면 내가 대신하면 되지 않겠는가? 간단하고 단순하게 생각하니 마음이 한결 편했다. 그 이후로 중3 수학만 6년 정도를 가르친 것 같다. 그렇게 2007년 2학기도 몇몇 행사들로 분주한 가운데 훅 지나 갔다.

2008년도에는 개인적인 일이 많았던 한해였다. 연구소에서 여러 과제를 맡았던 터라 정신없이 하루하루를 보냈다. 대학원 학위논문을 마무리 하는데 많은 시간과 노력이 필요했다. 지나온 길을 생각해보면 사람은 바쁘고 어려울 때 더 많은 일을 하고 더 많은 아이디어를 낸다는 사실이다. 이 당시 연구소에서 SCI 논문을 2편을 썼고, 연구과제 2건을 관리하고 있었으며, 국외 특허출원을 준비 중이었으며 봉사활동을 하기 위해 휴가 시간을 쪼개어 캄보디아에도 일주일간 다녀왔다.
해오름배움터는 1주일에 3번 수업이 있다. 40명의 아이들과 12명의 교사를 관리해야 하고 직접 중3 아이들 수학수업을 진행하는 초인간적인 일을 진행하였다. 그 와중에도 한 번도 수업을 빠뜨려서 보강한 적이 없었다. 아이들 한명 한명을 돌보고 학업을 관리하는 것은 연구소에서 일하는 만큼 힘들고 고된 일이다. 그러나 아이들은 보람과 기쁨을 고스란히 되돌려 준다. 그들의 기쁘고 해맑은 미소를 보며 미래를 본다. 캄보디아 어린이들에게 영어를 가르칠 때 그 아이들의 눈망울을 보면 빠져 나올 수 없다. 뭔가 나에게 말하고 싶은 가슴깊이 묻어둔 슬픈 이야기, 뭔가 답답함과 응어리가 느껴진다. 이 아이들의 얼굴과 배움터 아이들의 얼굴이 오버랩 된다. 내가 이 두 가지에 빠져서 나오지 못하는 것은 이 때문이다. 오히려 내가 위로 받고 삶의 목적을 발견하고 열심히 살아야 할 이유를 찾는다. 그러기에 해오름과 캄보디아 봉사활동은 나의 삶에 매우 큰 부분을 차지해버렸다. 내가 세상을 통해 받은 혜택을 이 아이들에게 나누어 줌은 당연한 것이 아닌가?

그런데 배움터 일이 3년을 넘으면서 가족에게 미안한 마음과 여러 가지 어려움이 생기기 시작했다. 1주일에 한 번 정도 제시간에 귀가하는 남편을 바라보는 아내의 눈빛이 예사롭지 않았다. 이 당시 큰 아이는 초등학교 4학년, 막내딸은 6살이었다. 한창 엄마 아빠의 사랑을 받아야 할 시기에 아빠는 밖에 있는 시간이 많았기 때문에 아내의 불만이 쌓이기 시작한 것이다. 물론 아이들과 아내와 같이 있는 동안은 나름대로 아빠의 역할, 남편의 역할을 제대로 하려고 무지 노력을 했다. 그러나 질적인 노력이 있더라도 절대적인 시간이 부족한 터라 아내와 아이들을 만족시키기란 거의 힘들었다.

어느 날 아내가 "당신 아이도 소중하다. 남의 아이들 돌볼 시간에 당신 아이들을 더 열심히 돌봐야 하지 않나?"라고 했다. 맞는 말이다. 옛말에 '가화만사성'이라고 하지 않았나! 집이 화목하고 잘되어야 모든 것이 잘된다는 것은 백번 맞는 말이다. 간혹 이런 생각을 해본다. 노벨물리학상이나 노벨화학상 등 노벨상을 받은 사람들의 가정생활은 어떨까? 회사의 CEO들의 일상생활은 과연 어떨까? 연구에 매일 몰두해야 하는 대학 교수님들의 생활은 어떨까? 사회에서 성공했다고 말하는 이들의 가정생활은 어떨까? 그들은 어떻게 가정과 회사 그리고 학교를 모두 조화롭게 잘 돌보는 것일까? 실제로 교수님들 중의 몇 %가 가정과 학교생활 모두에서 성공할까? 분명 가정이란 행복한 생활을 영위하기 위한 인간이 갖고 있는 중요한 시스템 중 하나라 생각한다. 그렇지만 회사일과 이웃을 향한 봉사활동 등도 분명 의미 있고 사람에게 행복을 가져다 준다고 생각한다.

탤런트 차인표와 신애라는 배우이면서도 가난하고 불우한 나라의 많은 아이들을 자기 자식처럼 돌본다. 분명 배우라는 직업도 매우 힘들고 어려운 것이다. 그러면서도 남을 돕는데 시간과 물질을 아끼지 않는다. 나의 좋은 롤모델(Role Model)이라 생각한다. 분명 가정과 직장, 사회에서 모두 성공하고 만족스러운 삶을 사는 부부가 많다고 생각한다. 그래서 나도 어떻게 하면 밖에서 열심히 사는 것처럼 가정에서도 좋은 아빠, 좋은 남편이 될 것인가 고민하기 시작했다. 일단 밖에서 보내는 시간을 최대한 지금보다는 더 줄이려고 노력을 했다. 토요일과 일요일은 가족과 많은 시간을 보내려고 했고 평일 늦게 귀가하는 날에도 아이들과 조금이라도 대화를 하려고 노력했다. 진정한 행복은 가정에서 온다. 직장에서 항상 기쁘고 즐겁게 일하는 사람들은 가정에서 분명 좋은 아빠, 좋은 남편일 확률이 높다. 그렇기에 나의 생활의 중심도 가정으로 조금씩 이동하게 되었다.

내가 아는 교수님 한분이 있다. 이분은 학교에서 매우 인지도가 있는 교수님인 것으로 알려져 있었다. 그런데 동료교수님들을 통해 내막을 알고 보니 집에 들어가면 아내와 한

마디도 말을 하지 않는다고 하였다. 각방을 쓴 지는 오래되었고 그분에게 있어서 집이란 그냥 잠만 자는 여관 정도밖에는 안 되었다. 그러나 학교에 나오면 나름대로 실적도 내고 학생들에게 인기도 있었다. 그러나 이 교수님은 본인 스스로 정말로 행복하다고 생각할까? 분명 행복하지 않을 것이다. 학교생활은 가정생활의 불행을 잠시 덮어 주는 하나의 수단일 수도 있다. 나도 연구소 생활과 사회봉사 활동이 가정생활의 불만을 일시적으로 덮어주는 수단이 될 수도 있다는 생각이 들기 시작했고, 뭔가 이루지 못한 것에 대한 부정적인 반작용이 될 수도 있음을 스스로에게 인정했다. 나의 아이들과 아내가 없다면 내가 하는 모든 일들이 물거품이 될 수도 있음을 인정하고, 그때부터 가정에 나의 값진 많은 시간 들을 쏟기 시작했다.

한동안 잊고 지내던 부석고등학교 황하영 교감선생님께서 해오름배움터 소식을 듣고 타 중학교 선생님들의 서명을 받기 시작했다. 다름 아닌 해오름배움터 대표교사 백상화 씨를 복건복지가족부에 적극 추천하여 장관상을 받게 하자는 것이었다. 나도 전혀 모르는 일이었다. 그 교감선생님께서 개인적으로 추진한 일이었다. 그해 나는 지역 중학교 선생님들의 추천으로 장관상을 받게 되었다. 나를 인정해주고 밀어주셨던 황하영 교감선생님을 나는 죽을 때까지 잊지 못할 것이다. 누군가에게 신뢰를 주고 믿음을 준다는 것은 사회생활을 함에 있어 정말로 중요하고 값진 일이다. 부족하기 짝이 없는 내가 장관상을 받는다는 것이 처음에는 너무 부끄러웠고 해오름을 위해 일하시는 다른 선생님들께도 미안한 마음이 들었다. 그래서 한동안 상을 받았다는 말조차 할 수 없었지만 이 사건은 나로 하여금 더욱 배움터에 매진하게 한 계기가 되었다.

제2부

기본기에 충실한
서산해오름배움터

배움터의 학생모집

2008년 2학기도 많은 주위 분들의 관심과 도움으로 아이들과 열심히 씨름하며 무사히 보낼 수 있었다. 특별히 여름방학 기간 동안 우리들은 국회의사당과 서울대학교를 견학하였다. 그 당시 서산지역구 문석호 국회의원에게 부탁을 하여 우리 일행은 국회의사당을 자세히 볼 수 있는 기회를 가졌다. 의사당 식당, 도서관, 본회의장 등을 둘러보았고 오후에는 서울대학교로 발걸음을 옮겼다.

난 대학시절에도 서울대학교에 와 본적이 없었다. 관악산 중턱부터 끝자락까지 캠퍼스가 이어져 있었는데 학교라기보다는 일반건물들이 나열되어 있는 느낌이었다. 뭔가 계획적인 캠퍼스라기보다는 차례차례 필요에 의해서 건물을 지은 것 같은 느낌이었다. 그렇지만 대학생들의 눈빛은 무뚝뚝하게 보이는 건물들과는 달랐다. 여기저기 캠퍼스에 앉아서 토론하고 담소하는 모습이 대화라기보다는 진학 상담하는 교사와 학생을 보고 있는 느낌이랄까? 뭔가 진지함과 순수함을 발견할 수 있었다. 해오름 아이들은 나와 같은 생각을 하지는 않았겠지만 뭔가 새로운 각오들을 하는 것 같았다. 열심히 공부해서 여기 꼭 오고말거야! 학교에 돌아가면 더 열심히 공부해서 꼭 내가 원하는 대학과 학과에 들어가고 말거야! 그런 아이들의 생각이 나의 마음속 깊이 느껴졌다.

여름방학 때의 견학은 아이들에게 많은 생각과 다짐을 준 좋은 기회였고 각자 아이들의 자존감을 높일 수 있는 계기가 되었다. 건강한 자존감은 어려운 공부에 몰입할 수 있는 강력한 동기를 부여한다. 2학기가 끝날 무렵에 서산사랑장학재단에서 해오름에 장학금을 기탁하였다. 재정이 부족했던 배움터에 단비가 내렸다. 한해 약 2천만의 예산을 사용하는 배움터는 서산시로부터 매년 300만원의 재정지원을 받고 나머지는 모두 후원금으로 충당하고 있다. 1700만원이라는 적지 않는 돈을 1년 동안 어디서 후원받는단 말인가? 그럼에도 불구하고 매년 1700만원이 여러 곳의 도움으로 만들어지니 신기할 따름이다.

2009년도는 해오름배움터가 설립된 지 만5년이 되는 해이다. 배움터를 운영하는데 있어서 조금씩 노하우가 쌓이기 시작했다. 그런데 이 해부터 배움터 학생을 모집하는데 어려움이 시작되었다. 어김없이 이 해에도 각 학교로 모집요청 공문을 보내고 휴일 또는 휴가를 내어 각 중학교 교감선생님과 교장선생님을 찾아뵈었다. 서산 시내에 위치한 중학교들은 나름대로 많은 학생들이 있기 때문에 그 학생들 중에 일부 가정형편이 어렵거나 배움터에 입학을 원하는 학생들을 선발하는 데에 어려움이 없었다. 그러나 농촌지역에 위치한 학교들은 반 학급수가 줄고 그 지역에 살고 있는 학생들은 교통이 편리해지니 시내권역에서 얼마든지 공부할 수 있는 여건이 되기 때문에 시내에 소재한 중학교로 모두 전학을 가거나 시내지역에 위치한 학교로 입학하기 시작했다. 서산 시내에 가까운 대산지역이나 인지지역이나 어송지역에 위치한 중학교들이 이에 해당된다. 따라서 그 지역에 있는 중학교에는 학급수가 적었고 나름대로 타 지역의 학생들을 유치하기 위하여 여러 가지 특단의 모색을 하고 있었다. 그러다보니 배움터에서 학생을 모집한다고 할 때 적극적으로 도와줄 리가 만무했다.

그런데도 눈치 없게 그 지역 교장선생님과 교감선생님을 만나 배움터의 취지에 대해서 이야기하고 학생모집을 적극적으로 요청하였다. 그 분들이 속으로는 불난 집에 부채질한다고 생각했을 것이다. 지금 생각해보면 순수한 마음으로 한 것이지만 약간 철이 없었던 것 같다. 물론 배움터의 취지는 저소득층 아이들을 가르치는 것이지만 농촌지역에 있는 중학교 입장으로서는 폐교까지 생각해야 하는 형편이라 정규수업 후 보충수업을 도와주는 배움터라 할지라도 아이들이 외부로 나가는 것을 꺼려했다. 여차하면 다른 학교로 전학 갈까봐 전전긍긍하는 모습이 역력했다. 어찌 보면 학생을 위해서 학교가 있는 것이 아니라 학교를 위해 학생을 잡아 두거나 유치하는 모습이라 약간 안타깝기도 했다. 농촌지역 중학교는 앞으로 더욱더 힘들어질 것이다. 농촌지역에 유능하고 실력 있는 교사들이 시간이 갈수록 줄어들 것은 틀림없는 사실이기 때문에 농촌지역 중학교의 학생 유치는 뼈를 깎는 노력과 특단의 조치가 없는 이상 더욱더 어려워질 전망이다. 학생 유치에 앞서 내부적으로 획기적인 변화가 없고서는 농촌지역 중학교의 학급 수는 분명 늘어나지는 않을 것이다.

특목고가 사교육비 문제의 주범으로 인식되면서 대안으로 떠오른 고등학교가 자율형 사립고(일명 자사고)이다. 자사고는 일반고에 비해 등록금이 2~3배 이상이면서도 내신에 있어서 일반고에 비해 크게 유리하지 않고 명문대학 합격률도 일반고에 비해 낮은 경우도 있다. 이러다 보니 자사고가 대안으로 떠오를 때는 여기저기서 자사고가 많이 생겨났으나, 현재는 많이 줄어든 상황이다. 이러한 상황 속에서도 전국 명문대 진학률에서 다섯 손가락 안에 들어가는 자사고가 공주에 있는 한일고이다. 한일고는 농촌지역에 있다. 그럼에도 불구하고 명문고등학교가 된 데에는 몇 가지 이유가 있다.

첫째, 학생들을 지식적으로나 인격적으로 인도해 줄 훌륭한 교사진을 보유하고 있다. 둘째로 창의적이고 사고력 중심의 교육과정이 있다. 마지막으로 독특한 선후배 간의 협력수업이 이루어지고 있다. 이러한 요소들은 모두 다 내적인 역량이다. 과다한 외부 홍보를 통해서 학생들을 유치하는 것이 아닌 내부의 혁신과 변화가 주위의 상위권에 있는 학생들을 모이게끔 한 진정한 원동력이다. 서산 인근 농촌지역에 위치한 중학교들도 한일고를 본받을 필요가 있다. 아이들로 하여금 다양한 동아리 활동과 외부활동을 할 수 있도록 밀어주고 내부적으로 훌륭한 커리큘럼을 계속 개발하고 교사의 자질을 높여야 한다. 꿀이 있는 곳에는 벌이 모이게 되어 있듯이 꿀을 만드는 것이 먼저이지 꿀은 없는데 꿀이 있는 것처럼 벌을 속이거나 꿀을 찾아온 벌을 꽃에만 있게 하면 더 이상 그 꽃에는 다른 벌이 오질 못한다. 내부역량이 충만해지면 자신감이 생기고 학생들에게 자율권을 더 많이 줄 수 있다. 학교에다가 잡아 놓는다고 학생들이 창의적이고 생각이 깊은 학생으로 바뀌는 것은 아니다.

배움터 학생모집에 어려움을 준 학교는 농촌지역 중학교만 아니라 도시지역 이름 있는 중학교도 마찬가지였다. 서산 시내에 있는 모 중학교는 자기 학교에 저소득층 아이들이 없으니 학생모집을 해줄 수 없다고 하였다. 자기 학교의 인지도가 떨어질 수 있다는 점과 자체 운영하는 방과 후 프로그램이 희석될 것을 우려하여 학생모집을 해줄 수 없다고 하는 것 같았다. 농촌학교나 도시학교나 학교가 학생들을 먼저 생각하는 것이 아닌 학교의 명예, 인지도 및 평판을 먼저 생각하는 것 같아 안타까움이 컸다. 어려운 아이들을 배움터에서 모집하여 가르쳐 주겠다고 하는데 소극적인 학교는 왜 그럴까라는 의문이 들기 시작했다. 해당 학교의 내막을 잘 모르기 때문에 정확히는 모르나 앞에서 얘기했듯이 학교의 평판 등을 먼저 생각하는 것 같았다. 이는 마치 학생들을 수능점수에 맞춰 대학과 학과를 선택하도록 인도하는 것과 같다고 생각한다. 학생의 적성에 맞게 대학과 학과를 선택하는 것이 아닌 학교의 진학률을 높이기 위한 방편으로 아이들을 이용한다면 그건 더 이상 교육이 아니다. 배움터 학생모집은 이처럼 힘들고 용기가 있어야 할 수 있는 일이다.

좋은 교사란?

　이렇게 어렵게 2009년 1학기 학생들을 모집하였고 1학기가 시작되었다. 2009년에도 외부선생님들이 많이 들어오셨다. 직장인, 대학생, 학원선생님, 현직교사 등 다양했다. 특별히 현직 부부선생님이 교사로 자원한 것은 이례적이었다. 두 분 다 영어를 전공하셨는데 교원대를 나와 한 분은 서산중앙고에서 영어를 가르치고 아내 되시는 분은 태안중학교에서 영어를 가르치신다. 학생들에게 다양한 공부 방법을 가르쳐 주셨고 스트레스를 받거나 절망감에 빠진 아이들을 상담도 해주셨다. 배움터에 있는 아이들이나 학교에 있는 아이들은 별반 다를게 없겠지만 평상시에 말 잘 듣던 아이들만 보다가 약간 도전적이고 까칠한 배움터의 아이들과 수업을 진행하면서 어려움도 많았으리라 짐작한다. 배움터는 우수한 아이들, 모범적인 아이들을 가르치는 곳이 아니라 각자 배움이 부족하고 학원과 기타 보충학습여건에서 부적응 학생들이 입학하는 곳이기에 가르치는 선생님은 어려울 수밖에 없다.

　특히 대학생 선생님들이 많은 어려움을 토로했었다. 한서대학교 항공학부에서 공부하고 있는 정한우(가명)라는 선생님은 아이들이 떠들고 수업에 집중하지 못함을 이해하지 못하는 것 같았다. 보통 아이들이 떠들고 수업에 집중하지 못하는 것은 아이들만의 잘못이라고 생각하는 경우가 많으나 대부분 가르치는 선생님에게도 잘못이 있음을 알아야 할 필요가 있다. 아이들의 태도는 수업의 질에서 가름된다. 교사의 태도에서 좌지우지되는 경우가 많다. 그리고 본인수업은 본인이 책임지고 시작과 끝을 마무리해야 한다. 그런데 이 선생님은 아이들이 떠들고 집중하지 않으면 나에게 와서 인상을 찌푸리거나 화난 얼굴로 말문을 자주 열곤 했다. 선생님이라는 역할은 지식만을 전수하는 직업이 아니다. 지식만 전수하려면 굳이 아이들 앞에서 가르칠 필요가 없다. 인터넷에 들어가면 지식의 홍수다. 내가 원하는 지식을 얼마든지 얻을 수 있다. 선생님은 지식전달은 기본이고 아이들에게 일어나는 모든 문제들을 관심을 갖고 이해하며 해결하려고 노력할 때 빛을 발하는 것이다. 아이들에게 좋은 교사란? 어떤 교사를 말하는 것인가? 언 10년간 아이들과 동고동락하며 느끼고 체험한 것을 토대로 말한다면 다음과 같이 요약을 할 수 있겠다.

첫째, 기본적으로 지식을 전달하는데 막힘이 없어야 한다. 예전에 중2 수학을 가르쳤던 모 선생님은 아이들이 문제를 풀어달라고 하면 정작 풀지 못하는 경우가 빈번히 발생하였다. "선생님이 풀지 못하는 문제를 우리가 어떻게 풀어"하며 아이들은 스스로를 위안하거나 자포자기해 버렸다. 물론 어떤 문제들은 수업시간에 선생님도 해결하지 못하는 경우가 있으나 그럴 때는 "샘이 더 연구해서 다음 수업 때 가르쳐 줄게"하며 아이들에게 양해를 구하고 다음 수업 때 가르쳐주면 되는데 기본적으로 다음 수업 때 가르쳐주는 것도 어렵고 연구해서 답을 찾아내는 것도 어려우니 "이런 문제는 시험에 안 나와" 하면서 얼버무린다. 이래서는 아이들에게 수업에 대한 진지함도 바랄 수 없고 선생님에 대한 존경심은 더더욱 기대하기 어렵다.

 교사로서 가장 기본이 되는 것은 내가 가르칠 과목에 대한 본인 자신의 충분한 이해와 준비다. 이런 사유로 나는 해오름 배움터 교사들에게 본인이 가장 자신 있는 과목을 아이들에게 가르쳐주길 권고하고 있다. 본인은 수학에 자신이 있는데 영어교사가 없다고 영어를 가르치게 하면 위와 같은 일이 발생되는 것이다. 이렇다보니 배움터선생님을 찾는 일은 아이들을 모집하는 것만큼 힘이 든다. 어떤 분들은 "제가 배움터에서 아이들을 가르쳐 보고 싶어요." 하며 자진하여 신청하시는 분들도 있다. 그런데 여러 주변 사정을 고려해 볼 때 아이들을 잘 가르쳐 줄 수 있을까 의문이 드는 경우가 간혹 있다. 이럴 때는 정중히 거절하기도 한다. 실력 있는 교사를 찾기도 힘들지만 하겠다고 자원하는 분들을 거절하는 것도 적잖은 스트레스다. 실력 없는 교사들이 아이들을 가르친다고 평이 나면 각 중학교에서 아이들을 배움터에 추천하지 않을 뿐 아니라 배움터의 존재가치도 흔들리는 중대한 문제이기 때문이다.

 둘째, 학교 수업에서 배울 수 없는 부분을 아이들과 나눌수 있어야한다. 배움터 수업은 학교수업의 단순한 연장이 아니다. 그러기에 교과에 나오는 지식전달 외에 배움에 대한 열정과 동기부여가 될 수 있도록 아이들에게 많은 수업 이외의 이야기를 해줄 필요가 있다. 그렇게 하려면 많은 독서가 필요하다. 최근 읽은 책 중에 매가스터디 대표강사인 박철범씨가 쓴 "공부추진력", 몰입전문가 서울대 황농문 교수가 쓴 "공부하는 힘", 브랜드유리더쉽센터 소장인 이진아씨가 쓴 "중2병 엄마는 불안하고 아이는 억울하다", 카이스트 부총장이신 주대준교수가 쓴 "바라봄의 법칙", 자기주도 학습전문가 구근회씨가 쓴 "공부 못하게 만드는 엄마, 공부 잘하게 만드는 엄마", 한홍 박사가 쓴 "다음 세대의 날개", 국제정신분석가 이무석 교수가 쓴 "자존감", 차동엽 신부가 쓴 "무지개 원리" 등의 책들은 교사와 아이들에게 매우 유익한 책들이다. 교사는 많은 양서를 읽고 완전히 자기 것으로 만들고 난 후 아이들에게 아낌없이 나누어 줄 수 있어야한다.

셋째, 중3 아이들의 가장 큰 관심 중의 하나는 입시이다. 고등학교 선택기준은 무엇이고 특목고, 일반고, 자사고의 차이점은 무엇인지 아이들에게 자세히 설명할 수 있어야 한다. 입학사정관제도 때문에 중3 때 학생 본인의 진로를 미리 결정해야 하는 시대에 이르렀다. 적성, 직업 등을 고려하여 대학 학과를 정해야 한다. 내가 전공할 학과를 선택한다는 것은 우리나라에서 어른이 되어서 무엇을 할 것인가와 직결되기 때문에 매우 신중히 해야 한다. 의대, 치대를 가면 의사, 교대를 가면 초등학교 교사, 경찰대를 가면 경찰, 공학계열 학과를 가면 연구원, 기업체 직원, 교수 등을 할 수 있고, 사관학교에 가면 직업군인 등등 선택한 학과에 의해 장래 직업이 거의 결정되어 버리기 때문에 좋은 교사는 아이들에게 경험과 지식을 총동원하여 진로지도를 해줄 수 있어야 한다. 입학사정관제 전형에 필수인 학교생활기록부에는 진로희망사항을 기록하도록 되어 있는데, 희망진로가 해마다 바뀌면 입시전형에서 불리해질 수 있기 때문에 중3 때 정한 진로가 매우 중요하다고 볼 수 있다. 특별히 이러한 진로상담은 나이 어린 대학생 선생님보다 사회경험이 많고 나이가 어느 정도 되는 직장에 다니는 선생님이 더 적합하다.

넷째, 교육이란 미래를 위한 준비하라고 말할 수 있다. 따라서 다가올 미래 세상에 대해 이야기해 줄 수 있어야 한다. 미래를 말하는 책들이 해마다 홍수같이 쏟아지고 있다. 그만큼 미래예측은 한 나라의 흥망성쇠를 좌지우지하고 청소년들에게는 나중에 어른이 되었을 때 무엇이 될 것인가에 대한 정보를 주기 때문에 중요하다고 볼 수 있다. 나는 국방과학연구소의 연구원이다. 그래서 미래의 무기에 대해 관심이 많다. 방산분야의 유망한 직업을 먼저 살펴보자. 미국의 F-35전투기가 최후의 유인전투기가 될 것이라고 군사전문가들이 예견하듯이 앞으로는 무인전투기 시대가 올 것이다. 무인전투기는 유인전투기에 비해 장점이 수없이 많다. 미래에는 전투기 조정사인 파일럿보다 무인전투기 조종사가 더 필요할 것이다. 무인시대가 오면 꼭 필요한 인재는 무선데이터전송기술자이다. 많은 양의 데이터를 시간의 지연 없이 주고받는 기술은 무인시대의 핵심이기 때문이다. 첨단전쟁, 첨단산업에 꼭 필요한 것은 인공위성이다. 인공위성의 통신에 의해 지상의 모든 장비들이 통제되고 조종되는 날이 멀지 않았다. 따라서 미래에는 인공위성개발자, 위성통신기술자들이 미래의 핵심인재가 될 것이다. 2003년 이라크전쟁 당시 미군작전의 68%가 위성유도를 받아 진행되었다고 한다. 따라서 이러한 인공위성을 파괴하기 위한 고주파 마이크로웨이브 개발과 레이저 개발, 신무기 개발 등이 미래의 방산분야의 유망업종으로 각광을 받을 것이다.

근래 우리나라는 농촌지역에 거주하는 노총각들 장가를 보내려고 동남아지역 처녀들을 많이 데리고 왔고 중소기업들은 값싼 노동력을 확보하기 위해 동남아 청년들을 많이 고용하고 있는 추세이다. 이러다보니 중국, 베트남, 캄보디아, 필리핀 등 다문화가정 출신들이 한국사회의 중요한 축을 이룰 거라는 예견이 많이 나오고 있다. 결혼이민자가 2020년이 되면 35만 명이 될 것으로 예상하고 있다. 우리나라가 고령화 사회로 가면 갈수록 다문화가정 출신들이 한국사회에 끼치는 영향력은 커질 것이다. 싱가포르는 아시아에서 다문화사회의 모범사례 국가이다. 공용어가 영어, 중국어, 말레이어, 타밀어 4개다. 우리나라도 싱가포르와 같이 된다면 한국어, 영어, 중국어, 베트남어 및 크메르어 통역자와 전공자들이 많이 필요할 것이다. 나는 해마다 캄보디아에서 영어봉사활동을 하고 있는데 캄보디아 아이들에게 더 가까이 다가가기 위해서 크메르어를 계속 공부하고 있다. 그러나 근래 스마트폰에서 사용하는 인공지능기반의 만국어 번역기가 개발되어 통번역자들이 향후

사라지는 시대가 올 지도 모른다. 만국어 번역기의 기술적인 완성도가 높아진다면 언어전공자들이 설 자리가 없어진다. 장기적으로 보았을 때 외국어학원, 외국어 중고등학교, 외국어 대학교는 단지 특정언어의 번역과 대화수준에서 벗어나서 완전히 새로운 개념의 언어교육기관으로 진화해야 할 것이다.

2020년이 되면 중국은 1인당 GDP가 약 1만3000달러가 될 것이라고 국제통화기금은 예상하고 있다. 중산층 인구는 6억 7000만 명이 될 것이라고 한다. 중국의 소비액은 전세계의 13%로 세계 1위가 될 것이라고 한다. 중국은 우리나라의 최대의 무역국이 될 것이다. 따라서 중국무역학, 중국역사학, 중국전문여행사, 중국전문변호 및 회계업 등에 종사하는 사람들이 많이 필요할 것이다. 우리나라의 상대적 빈곤율은 해마다 증가하고 있다. 부의 양극화는 심해지고 있어 중산층은 줄어들고 부자와 가난한 자들만 늘어나고 있다. 비정규직 인력은 사실상 800만 명을 넘어섰다. 비정규직 임금은 정규직의 60~70% 수준이다. 10년 후 서울 및 수도권과 지방간의 경제적 격차는 더욱 커질 것으로 본다. 계층의 양극화, 지역의 양극화의 기저에는 불만스러운 교육이 자리를 잡고 있다. 기존 공교육을 탈피하는 새로운 개념의 대안학교는 나날이 증가할 것이다. 대안학교에서 필요한 창의적이며 다재다능한 새로운 유형의 교사가 나타날 것이다.

나노소자기술, 나노바이오기술, 나노에너지기술, 나노소재기술 등 나노공학이 세상을 바꿀 시대가 도래하고 있다. 암세포를 죽이는 나노폭탄, 꿈의 나노소재인 그래핀, 초고율 태양전지, 혈관을 타고 돌아다니는 나노로봇, 입는 PC 등을 개발하는 연구원이 21세기를 선도하는 직업이 될 것이다. 더불어 나노물질이 인간의 건강에 미칠 위험을 예방하는 나노의사가 시대가 요구하는 직업이 될 것이다. 지구온난화의 대안으로 떠오른 에너지가 그린에너지이다. 세계 태양광시장에서 한국기업의 점유율은 2030년이 되면 20%까지 확대될 전망이다. 향후 태양광을 연구하고 운영하는 사람들이 많이 필요할 것이다.

21세기 시대는 스마트모바일 시대다. 모든 정보가 스마트폰에서 다루어진다. 모바일기술이 발달할수록 개인정보량은 급증하고 개인정보유출방지책은 더욱 중요하게 된다. 그 외 출산, 육아, 노인 복지를 담당하는 사회복지사, 기후변화 및 환경오염에 대한 영향추정과 이에 대한 해결방안을 제시하는 환경영향평가사, 효율적인 자원관리를 돕는 자원관리 컨설턴트 등이 미래의 인기 있는 직업이 될 것이다. 개인의 삶과 사회를 바꿀 33가지 미래상을 말하는 10년 후 세상이란 책에 보면 미래예측의 5대 화두는 인구구조의 변화, 기후변화와 환경도래, 자원고갈, 글로벌 체제의 변화, 네트워크의 진화이다. 미래의 직업은 위 5가지에서 파생될 것이다. 교사는 위와 같이 다가올 미래상에 대해서 아이들에게 말해 줄 수 있어야 한다. 단지, 수학공식 알려줘서 문제를 풀게 하고 영어단어 외우고 문법, 읽기에만 치중해서는 안 되며, 말 그대로 다방면에 다재다능하고 경험이 많은 교사가 되어야 하는 것이다.

다섯째, 좋은 교사는 아이들의 고민을 잘 들어주고 부모님들이 해결하지 못하는 부분을 일정부분 해결해 줄 수 있어야 한다. 아이들과 부모님 간에는 공부라는 매개체 때문에 항상 긴장관계에 있다. 조금이라도 자존심을 건드리거나 말과 참견이 많아지면 말다툼으로 번진다. 아이들은 억울하고 어른들은 속상하다. 억울한 아이들의 이야기를 들어주고 속상한 부모님의 마음을 이해하도록 지도해 주어야 한다. 내가 가르친 아이 중에 수정(가명)이라는 아이가 있었는데 이성에 대한 호기심이 다른 학생에 비해 월등히 많았다. 이 학생은 호기심을 행동으로 대담하게 옮기는 아이였다. 치킨 배달하는 나이 많은 오빠와 눈이 맞아서 부모님의 마음을 아프게 하는 아이였다. 그 오빠가 왜 좋은지?, 나중에 둘은 어떻게 되는지?, 무슨 계획은 갖고 있는지? 자세히 물어보고 아이의 이야기를 들어주었다. 넘지 말아야 할 선을 얘기해주고, 부모입장이 되었을 때 어떻게 할까 등을 이야기해 주었다. 물론 수정이도 100% 이해하지는 못했다.　그러나 나는 부모님처럼 다그치거나 야단치거나 화내지 않는다. 그러기에 수정이는 나의 이야기를 심각하게 듣는 것은 아니나 일단은 듣는다. 이것이 부모님이 해줄 수 없는 부분을 감당하는 것이다.

　마지막으로 여섯째, 좋은 교사란 학생 앞에서 당당하고 자신감이 넘치고 학생들과 약속을 꼭 지키는 교사이다. 아이들은 선생님 일거수일투족을 다 보고 있다. 가르친다는 것은 아이들 입장에서는 존경의 대상이다. 교권이 예전보다 많이 떨어졌다 하더라도 선생님은 그래도 선생님이다. 선생님의 웃는 얼굴은 아이들에게는 희망을 주고 정서적 안정감을 준다. 선생님의 애정 어린 눈길은 아이들에게는 공부에 대한 흥미를 준다. 선생님이 아이들에게 롤 모델(Role Model)이 되고 있다면 그 선생님은 분명 좋은 교사임에 틀림없다.

집중력을 높이는 수업은?

아이들로 하여금 수업에 집중하도록 하는 방법은 무엇이 있을까? 먼저 수업 전에 공부에 방해되는 일체의 물건들이나 태도 등을 점검하고 수업을 시작해야 한다. 핸드폰이나 운동기구, 잡지, 군것질 음식, 만화책, 액세서리, 화장품, 거울 등 수업 시간에 만지작거릴 수 있는 물건 등을 사전에 책상 주위에 두지 않도록 해야 한다. 아이들이 습관적으로 만질 수 있으므로 이러한 것들을 눈에 보이지 않는 곳에 둠으로써 공부에만 집중하도록 할 수 있다. 아이들의 수업자세도 물건만큼 중요하다. 자세가 바르지 않으면 집중력도 떨어질 수밖에 없다. 상식적인 이야기일지 모르지만 자세는 공부의 집중력을 높이는데 있어서 결정적인 요소로 작용한다. 누워서 책을 본 경험이 있는가? 경험상 엎드리고 공부하면서 1시간을 넘겨본 적이 거의 없다. 허리 쪽에 피로가 누적되면서 잠이 스르르 오기 시작하고 공부에 열의가 급격히 식어진다. 누워서 책을 보는 것은 자겠다고 하는 것과 같다. 누워서 책을 보면 거의 10분

안에 꿈나라로 간다. 이와 마찬가지로 앉는 자세도 중요한데 다리를 꼬거나, 다리를 앞 의자에 올려놓거나 의자와 책상과의 거리가 멀면 피로가 급격히 쌓여 수업 중에 딴생각이 난다. 피로가 쌓이면 뇌는 몸의 피로를 잊게 하려고 머리를 많이 써야하는 공부보다는 머리를 쓰지 않는 즐거운 상상의 나라로 자동으로 모드를 변경시킨다. 수업시간에 멍 때리는 대부분의 아이들을 보면 공부자세가 올바르지 않다. 의자를 허리에 붙여 당겨 앉도록 수업 전에 바로 잡아 주어야 한다. 공부에 방해되는 물건도 없애고 공부자세도 바르다면 공부 집중력은 50%는 완성된 상태이다. 나머지 50%는 가르치는 교사에게 달려있다.

가르치는 교재가 두껍지 않아야 한다. 적절한 페이지의 책을 선정하여 아이들에게 부담을 덜어 주어야 한다. 수업시간을 철저히 지켜야 한다. 5분 후에 수업을 시작한다고 아이들에게 말했다면 어떤 일이 있더라고 5분 후에는 수업을 시작해야 한다. 끝나는 시간도 마찬가지이다. 수업시간의 준수는 수업을 위한 준비시간을 가늠하게 해주는 기준이므로 꼭 수업시간을 지켜야 한다. 수업 내용면에서는 기본이 부족한 아이들일수록 개념이해에 초점을 두고 가르쳐야 한다. 개념에 대한 이해가 안 되고 수업진도를 계속 나가는 것은 바위에 계란 던지는 것과 같고 구멍난 독에 물 붓는 것과 같다. 수업진도가 늦어진다 하더라도 몇 번이고 아이들이 이해할 때까지 개념설명을 해야 한다. 개념이해가 안된 상태에서 응용은 아무런 의미가 없는 것이다. 이때 아이들이 이해를 했는지 안했는지를 확인하기 위하여 아이들 한명 한명과 눈을 마주치며 수업을 진행해야 한다. 대략 눈을 보면 이해를 했는지 못 했는지 알 수가 있기 때문이다. 아무리 설명해도 소귀에 경 읽기 격인 아이들도 분명 있다. 이럴 때는 이해도 중요하지만 암기공식을 만들어 쉽게 암기하는 방법을 고안해야 한다. 분명 이해가 먼저이지만 어떨 때는 암기하다가 이해하는 경우도 있기 때문이다. 즐겁게 암기하는 방법을 아이들에게 안내함으로써 개념이해를 도울 수 있다. 눈만 보고 이해했다고 100% 장담할 수 없다. 따라서 수업 중에 적당한 시점에 문제를 주고 풀어 보라고 해야 한다. 문제를 푸는 것은 분명 아이들에게 부담일 수 있고 공부의 즐거움을 급 하강시킬 수 있다. 그러나 단점보다 장점이 더 많다. 공부에 대한 집중력이 떨어진 아이들에게 적당한 긴장감을 줄 수 있기 때문이다. 문제를 풀게 하는 아이들로 하여금 이해도를 높이기 위한 방법이기도 하지만 역설적으로 아이들에게 자신감을 불어 넣어 주기 위함이다. 따라서 아이들에게 너무 어려운 문제를 풀게 하는 것은 학습적인 면에서 역효과다. 쉬운 문제를 풀게 하고 잘 풀었을 때는 칭찬을 아끼지 말아야 한다. 칭찬을 들은 아이들은 자신감과 자존감이 높아져 공부에 대한 흥미를 갖게 된다. 이러한 일이 반복되면 아이들의 집중력과 학습의욕은 계속 상승하게 되고 더 어려운 문제도 풀게 된다. 필자는 10년간 배움터 아이들을 지도하면서 문제를 못 푼다고 꾸중을 주거나 자존심을 상하게 한 적이 거의 없다. 한 문제를 푸는 것이 중요한 것이 아니라 아이들에게 자신감을 심어주는 것이 우선이기 때문이다. 물론 이 방식은 교사의 인내심과 늦어지는 수업진도를 감수해야 한다. 배움터 교사일수록 외부 교사훈련프로그램에 적극 참가할 이유가 여기에 있는 것이다.

교육의 힘

2009년 겨울방학과 여름방학 때는 삼성교통박물관, 호암미술관, 애버랜드 및 전쟁기념관을 견학하였다. 견학을 통해 자동차의 유래와 각 나라마다 생산되는 자동차를 보았고, 아이들은 어떻게 자동차가 움직이는지 자동차가 산업발전과 인류의 문화와 생활을 어떻게 바꿔 놓았는지를 한눈에 알 수 있는 좋은 기회였다.

전쟁기념관 입구에는 우리나라를 지키다가 전사한 영웅들의 흉상이 있다. 인간의 역사는 전쟁의 역사이기도 하다. 우리나라는 많은 외세의 침입을 받았지만 우리의 힘으로 우리를 지키지 못함은 외부의 문제라기보다는 거의 내부의 문제였다. 당파싸움을 하거나 외세의 힘을 빌어서 정권을 유지하려고 한다거나 명분에만 집착하여 나라의 힘과 자존심을 잃은 때도 많았다. 인류역사상 절대평화라는 것이 없다면 전쟁을 준비한 자만이 살아남을 수 있다는 기본적인 진리에 우리는 주목해야 한다. 전쟁을 준비한다기보다는 힘을 기르는 것이다. 어릴 때 힘세다고 괜히 옆에 와서 한 대 툭툭 치는 아이가 있었다. 계속 몇 대 맞다가 울기도 하고 엄마가 나타나면 구세주라도 만난 냥 "쟤가 자꾸 때려요" 하며 이른다. 그러면 그 아이는 줄행랑을 친다. 그러나 세상은 어떠한가? 미국도 우리의 영원한 우방이라고 할 수 있을까? 자기나라의 이익에 반하면 얼마든지 우리의 우방이 아닐 수 있다. 나라의 힘을 기르고 경쟁력을 기르는 길이 교육이다. 전 세계 유대인은 1400만 명에 그치고 세계 인구비율 0.2%정도밖에 되지 않는다. 그러나 현재까지 노벨상 수상의 22.3%을 차지하고 있다. 핀란드가 농업국가에서 일류 산업국가로 탈바꿈하는 데는 교육이 결정적인 역할을 했다. GNP에서 교육비공공지출이 6%로 OECD 국가 중 1위이다. 국제학업성취도평가(PISA)에서 핀란드는 매년 OECD 국가 중 1위를 하고 있다. 물론 우리나라도 2009이후 PISA성적을 보면 최상위나라에 속하는 나라다. 해마다 성적이

상승하는 몇 안 되는 나라 중 하나다. 나라는 작지만 반도체, 조선, 전자기기, 정보통신, 자동차 등 전 세계적으로 1등을 차지하는 산업이 많다. 땅덩어리가 큰 선진국도 이제는 한국을 옛날의 한국으로 보지 않는다. 그 뒤에는 교육이라는 숨은 힘이 있다. 나라의 힘에는 자주국방이라는 또 다른 큰 숙제가 있다. 산업이 발전하더라도 국방을 소홀히 하면 공든 탑이 무너진다. 민족분단의 유일한 국가인 우리나라는 더더욱 그렇다. 아이들에게 전쟁기념관을 견학하게 함은 큰 의미가 있다. 학기마다 아이들이 바뀌므로 주기적으로 전쟁기념관을 견학하는 것이 좋겠다고 생각했다.

2010년 1학기가 시작되었다. 여느 해와 같이 40명의 아이들이 입학을 하였다. 배움터는 수준별 학습을 하지 않는다. 의도를 갖고 하지 않는 것은 아니고 교사와 공간이 부족하기 때문이다. 학교에서 1등 하는 아이도 있고 거의 꼴찌 하는 아이도 있다. 1등 하는 아이는 심도 있고 깊이 있는 수업을 원하지만 꼴찌 하는 아이는 쉽게 가르쳐 주기를 원한다. 수업은 중간 수준으로 하지만 1등 하는 아이에게는 어려운 문제를 별도로 숙제를 내준다. 꼴찌 하는 아이에게는 몇 번씩 다시 설명을 해준다. 수업 진도가 느릴 수밖에 없다. 그럼에도 불구하고 아이들은 거의 불평을 하지는 않는다. 핀란드는 한 교실에 3명의 선생님이 가르친다고 한다. 두 명의 교사는 수업진도를 나가고 나머지 한 명의 교사는 교실 여기저기를 돌아다니며 수업진도를 잘 따라가지 못하는 아이들을 도와준다고 한다. 핀란드의 교육환경이 부러울 따름이다.

질문과 대화가 왜 중요한가?

학습효과 피라미드 이론에 따르면 듣기만 하는 학습은 공부한 지식이 머리에 5%만 남지만 말하면서 하는 공부는 머리에 90%가 남는다고 한다. 메타 인지라는 말이 있는데 "말로 설명을 할 수 없으면 모르는 것과 같다"라는 말이다. 2013년 노벨상 12명중 6명이 유대인이라고 한다. 유대인들의 교육은 상대의 말을 유심히 듣고 계속적으로 자기의 생각을 논리적으로 표현하고 다시 반박하고를 반복한다. 머릿속에서 정리될 때까지 계속 이야기를 하는 것이다. 그러면서 차츰차츰 자기 머릿속에 있는 지식을 정돈하는 것이다. 2010년도 G20폐막식 때 미국 버락 오바마 대통령이 G20행사를 잘 치렀기에 감사의 보답하는 마음으로 한국기자들에게 질문을 할 수 있는 기회를 주었는데 한 사람도 질문하지 않아 결국 중국 기자에게 질문권이 돌아갔다는 웃지 못 할 일이 있었다. 한국 사람들에게 질문이란 나의 무식을 드러내는 것, 잘난 체하는 것, 분위기를 흐리는 것 등등 좋은 점보다는 부정적인 면을 더 생각한다. 그러다보니 질문은 적고 주로 듣기만 하는 것이다. 대화를 통해서 머리에 지식이 정리될 때 자기 것이 되는데 대화를 하지 않기 때문에 자기 것이 되지 못하는 것이다. 그렇다고 말을 많이 한다고 학습의 효과가 무조건 보장되는 것은 아니다. 상대방의 말을 존중하고 상대편의 입장에서 생각할 때 학습의 효과가 높아진다. 그러나 우리 주위에서 자기 말만 하는 사람을 쉽게 볼 수 있다. 이 사람들의 공통적인 특징은 "해야 한다", "그런 점은 내가 보기에 잘못된 것이다", "누구는 어떻기 때문에 문제가 있어", "나는 이런 방식을 잘 사용하고 이유는 이래", " 그 사람은 그런 면 때문에 높이 평가해" 등 등 말을 일방적으로 하는 사람일수록 사령관이나 심판자가 되어버린다. 독선적인 사람이 대부분이다. 보통 이런 사람들 주위엔 이해관계 때문에 같이 있지 존경하거나 좋아서 같이 있는 경우는 거의 없다. 이런 사람들 중에는 꽤 말을 조리 있게 하는 사람도 있다. 그러나 그러한 말이 상대방의 마음을 움직이거나 감동을 주지는 못한다. 결국 말이란 상대방을 감동하게 하고 간혹 나의 생각을 상대방에게 설득시키는 도구이고 인생을 나누는 방법 중의 하나인데 일방적인 말에서 그 무엇이 나올 수 있단 말인가? 폼생폼사밖에는 안 된다.

나는 학생들에게 수학 수업시간에 자주 칠판 앞으로 나와서 문제를 풀도록 한다. 문제를 풀고 나서 왜 그렇게 풀었냐고 물어본다. 설명하지 못하면 모르는 것과 같기 때문에 설명을 가능한 하라고 권유한다. 아이들은 당연히 쑥스러워하지만 계속 권유함으로써 아이들이 조금이라도 설명하도록 유도한다. 질문은 새로운 사실과 입장을 이해한다는 점에서 매우 중요함으로 자주 하도록 유도한다. 질문에 답하는 나는 논리적으로 타당하게 설명하기 위해 근거를 말하거나 머릿속의 지식들을 끄집어내기 위해 안간힘을 쓴다. 그러면서 나도 나의 지식을 정리하는 것이다. 아이들의 질문이 나를 온전한 교사로 만드는 것이다. 내가 가르쳐야 하는 아이들의 수와 아이들 한명이 할 수 있는 질문의 수는 반비례를 갖는다. 한 학급의 학생 수가 많으면 아이 한명 당 많은 질문을 할 수 없다. 그래서 적정인원으로 수업을 해야 한다. 보통 배움터에서 가르칠 수 있는 적정 학생 수를 10~15명을 본다. 배움터의 혜택이 많은 학생들에게 돌아가야 하는데 한정된 학생 수로는 돌아 갈 수 없다. 그래서 해오름배움터 같은 야간학교가 많이 설립되어야 하는 것이다.

꿋꿋하게 공부해준 슬기

2010년 1학기에 입학한 친구들 중에 슬기(가명)라는 학생이 있었다. 슬기는 가정형편이 어려웠다. 배움터 학생들 대부분이 그렇지만 슬기는 더욱 어려운 가정환경에서 공부를 하고 있었다. 집에 가면 엄마, 아빠, 언니, 동생 모두 담배를 핀다고 한다. 집에 담배연기가 항상 자욱하지만 슬기 얼굴은 매우 밝았다. 1학기 초에 20점 이하이던 수학성적이 1학기 마칠 때에 50점으로 올랐다. 슬기가 항상 나에게 하는 말이 있다. "수학 성적을 잘 받고 싶어요.", "저도 나중에 커서 선생님처럼 배움터에서 아이들에게 수학을 가르치고 싶어요." 나는 수학수업을 진행하면서 특별히 슬기에게 많은 애정과 관심을 주었다. 이것은 편애가 아니라 안타까움에 대한 나의 자연스러운 반응이었다. 용기를 잃지 않도록 웃음을 잃지 않도록 권면하고 지도했다. 난 슬기를 보면서 많은 생각을 했었다. 담배연기가 자욱한 집에서 좌절하고 낙담했다면 슬기는 공부에 대한 흥미를 잃고 비행청소년이 되었을 확률이 높다. 그러나 무슨 이유인지는 모르나 나름대로 학습동기가 있었다. 그 동기가 스스로 학습을 이끌었고 배움터 선생님의 관심과 특별지도를 이끌었다. 슬기에게 생긴 학습동기가 도대체 뭘까 궁금해지기 시작했다. 그래서 한 학기 간 유심히 슬기를 관찰하였다. 슬기는 어려운 환경 속에서도 항상 웃음을 잃지 않았다. 아이들과의 대화에서도 항상 배려하는 마음을 읽을 수 있었다. 다른 아이들보다 성숙한 편이어서 어떨 때는 중학생 같은 느낌보다도 대학생 같다는 생각이 들 때가 있었다. 까칠까칠한 사춘기시기를 넘긴 것 같았다. 분명한 밝은 미래에 대한 희망과 대책을 생각하는 것 같았다. 수학을 15점, 20점 연달아 받으면 자존심도 상하고 창피하기도 할 텐데 슬기는 옛날의 모습을 잊어버리고 긍정적인 미래의 모습만을 상상하는 것 같았다. 정신분석가 이무석 교수가 쓴 "자존감"이라는 책에 보면 자존감은 열등의식에서 벗어날 때 주어지는 선물이라고 말하고 있다. 열등의식을 벗어나는 방법은 이 우주에서 나란 존재는 단 한 명이고 나에게는 남에게 없는 이러이러한 장점을 갖고 있다고 깨닫는 것이다. 주위에 인정해주는 사람들이 있고 관심과 사랑으로 지켜주는 이가 있을 때 열등감은 눈 녹듯이 사라진다. 슬기는 사춘기 시절을 슬기롭게 넘겼고 긍정적인 마음으로 자신을 바라보았고 주위에 슬기를 아끼는 사람들이 있었기에 학습동기부여가 되었다고 나름대로 결론을 내렸다. 나도 슬기를 아끼는 사람 중에 한 사람이다. 현재 슬기는 고등학교 3학년이다. 꼭 바라는 대학과 학과에 진학했으면 좋겠다. 그리고 나중에 꼭 해오름배움터에서 자기보다 더 어렵고 지친 아이들을 가르쳐 주었으면 좋겠다. 슬기는 우리보다 더 잘 가르치리라 확신한다. "느낌 아니까!"

나의 반쪽 이정용 퇴직하다

2010년도에는 이제까지 배움터에 합류하지 않았던 입사동기 서일환 박사가 합류하게 되어 많은 힘이 되었다. 두 딸을 두고 있는 서일환 박사는 대학에서 전자공학을 전공했고 국내 미사일 추적 레이더 전문가 중의 한 사람이다. 배움터에서는 중3 수학을 전담하였고 난 이때부터 가르치는 과목을 영어로 전환하였다. 난 다른 선생님들이 가르칠 과목을 선정하면 남은 과목을 가르친다. 그것이 나에게 기쁨이다. 서일환 박사는 꼼꼼하게 가르치며 중학생 자녀를 두고 있는지라 아이들의 마음을 잘 파악하였고 수업을 빠질 때는 꼭 보강을 함으로써 아이들에게 공부에 대한 소중함을 일깨워 주었다. 서일환 박사는 2010년부터 2012년까지 3년간 한결같이 아이들을 가르침으로써 배움터가 더 큰 꿈을 갖게 되는데 중요한 촉매역할을 하였다. 또한 이 당시에 나에게 매우 가슴 아프고 슬픈 일이 있었다. 나와 동고동락하던 팀 동료 이정용 후배가 연구소를 퇴직한 것이다. 여러 가지 이유로 연구소를 퇴직하였는데 아무리 퇴직 전에 설득해도 마음을 바꿀 수 없었다. 배움터 교사로서 오랫동안 아이들을 가르쳐왔던 후배는 나의 마음을 가장 잘 읽고 무슨 일이든지 같이하고 같이 다니고 같이 생각하고 같이 여가생활을 했던 직장에서 나의 반쪽과 같은 존재였다. 이정용 후배는 대학수능시험에서 1문제만 틀릴 정도로 수학과목에 강했고 물리성적도 우수했다. 배움터에서 중2 수학을 전담했었는데 아이들 수학성적이 나날이 향상되는 결과를 낳았고 특히 수학공부 방법에 대해 많은 노하우를 아이들에게 전수했었다. 배움터를 운영하는데 있어서 나에게 가장 버팀목이었던 이정용 후배의 퇴직은 한동안 나의 배움터에 대한 열정을 식게 만들었다.

10년마다 바뀌는 내신 평가제도

해오름배움터의 설립목적 중 하나는 공교육을 살리고 점점 더 많아지고 경쟁이 치열해지고 있는 사교육을 진정시키는 데 있다. 자유민주주의 사회에서 교육매체의 선택은 모든 국민에게 자유이다. 사교육은 사교육 나름대로 필요하지만 사교육의 힘이 공교육을 누르면 굳이 공교육을 받을 필요가 없어진다. 그러나 사교육은 많은 교육비의 지출을 가져오고, 따라서 저소득층 및 중산층 자녀들이 상대적으로 피해를 보게 된다. 사교육의 강세, 공교육의 부실, 대학서열화, 학벌사회의 만연이 지속되면 입시경쟁은 앞으로 더 치열해질 것이다. 인간 사회에 경쟁은 필수이지만 사교육의 풍성한 혜택이 명문대학으로 고스란히 연결되고 명문대학 졸업장이 노동시장의 우위를 차지하는 보증수표가 된다면 사회는 양극화가 심화될 것이고 학벌중심의 살벌한 사회가 될 것이다. 내신도 상대평가와 절대평가가 약 10년의 주기로 바뀌며 오락가락하다가 2014년부터 절대평가로 바뀐다. 그러나 절대평가로 바뀐다 하더라도 현실적으로 속을 깊이 들여다보면 학생들간의 과잉경쟁구도는 쉽게 사라지지는 않을 것이고 소위 명문대학이라고 하는 대학들은 수능보다 수시의 비중을 더 크게 두면서 소위 명문고라는 특목고나 유명 자사고에 유리한 입학규정들을 만들어 갈 것이다. 상대평가가 중요시 되면 대학 내신반영률이 올라가고 학교친구들끼리 우정보다는 성적에 집착하여 살벌한 교실로 바뀐다. 과거의 경험이 말해주고 있다. 절대평가가 중요시 되면 대학 내신반영률은 낮아지고 대신 수능의 중요성이 올라간다. 물론 상대평가나 절대평가 모두 장단점이 있다. 어느 것이 너 낫다고 말하지 못하기 때문에 10년 주기로 바뀌는 것에도 이유가 있는 것이다. "세상을 바꾸는 시간 15분"이라는 책에 보면 우리나라 학생들이 사회적 협업능력 평가 대상국 36개국 중에 35등으로 최하위이다. 교육경쟁력 1위인 핀란드의 경우는 협동학습이 내재화되어 있다. 이것이 핀란드 교육의 강점이다. 우리나라는 "사촌이 땅 사면 배 아프다"라는 속담이 있듯이 상대를 누르고 올라설 때 사회에서 인정받고 장래도 보장되는 건강하지 못한 사회 속에서 오랫동안 살아온 적이 있었고, 아직도 사회 구석구석에 그런 문화는 많이 남아있다. 절대평가는 협동학습을 하기에는 상대평가보다 유리하다. 앞에 있는 이익을 보기보다 먼 미래(가까운 미래는 수능)를 대비한다는 측면에서도 절대평가가 상대적으로 우수하다고 볼 수 있으나 100% 더 좋은 평가제도라고 하기에는 뭔가 2%가 부족하다. 이점에 대해서는 각 대학들의 동참이 필요하다. 대학서열화도 문제이지만 각 대학들이 자체적으로 고등학교도 서열화하는 경향이 있기 때문이다. 우수한 인재를 확보하려는 각 대학들과 일관된 교육정책을 밀고 나가려는 교육부, 더 많은 학생들을 대학교에 보내려는 각 고등학교의 양보를 통한 의견조율과 합의가 없고서는 평가제도를 아무리 바꾸더라도 효과는 보장 할 수 없다. 내신 평가제도는 앞으로 더 개선되고 보완되어야 한다.

후배이자 부하직원인 강태엽 연구원

2010년도도 금방 지나갔다. 2011년도에 나의 근무부서가 바뀌게 되었다. 하는 일은 같았으나 근무환경이 100% 바뀌었다. 새로운 근무환경 속에서 새롭게 적응하는데 큰 어려움은 없었다. 부서가 바뀌고 새로운 일에 적응하기 시작하는 이 무렵 연구소에 신입소원들이 입소하였다. 그 신입소원 중에 귀염둥이 강태엽이라는 친구가 있었다.

　이 연구원은 경남과학고등학교를 졸업하고 카이스트에서 기계공학 석사를 갓 졸업한 직장 새내기였다. 난 어김없이 배움터 교사를 해보지 않겠냐고 권고하였고, 이 연구원 후배는 기꺼이 하겠다고 자원하면서 2011년도에도 새로운 선생님을 모시게 되었다. 훗날 이 후배연구원과는 같은 부서에서 만나게 된다. 난 팀장으로 이 후배연구원은 팀원으로 만나게 되었다. 강태엽 씨는 영어에 남다른 재주가 있었다. 말도 잘하고 미국인이 말하는 것도 거의 어려움 없이 잘 알아들었다. 토익이 거의 만점 수준이고 발음도 또박또박하여 아이들을 가르치는 데는 적격이었다. 강태엽 씨 덕분에 겨울방학 때 아이들을 데리고 카이스트를 견학하였다. 각 단과대 건물과 식당, 도서관을 보고 강태엽 씨가 숙식했던 기숙사도 보았다. 물론 학교안내를 강태엽 씨가 자세히 해주었다. 카이스트도 서울대학교처럼 캠퍼스가 건물 중심으로 단순했다. 여기저기 건물이 있고 나무는 많질 않았다. 우리가 견학 가던 그 무렵에 카이스트

서남표 총장과 교수들 간의 퇴임과 학사문제로 신경전이 대단하였다. 그전부터 대학생들이 주기적으로 자살하거나 심지어는 교수들도 가르침의 중압감을 못 이기고 자살하는 경우도 있었다. 아직도 기억난다. 자살했던 어느 교수의 유언장에 이런 말이 있었다. "학생들이 너무 똑똑하다. 내가 가르치기에 너무 부담된다." 결국 이 교수는 자살을 했고, 미국에서 어렵게 공부해서 취득한 공학박사학위는 그것으로 한낱 종이쪽지가 되어 버렸다. 창의력이 왕성한 곳에는 교사와 학생 간에 어려운 질문이 많고 질문이 많으면 가르치는 사람은 많이 준비해서 수업에 임해야 한다. 질문 자체도 창의적인 질문을 할 때는 머릿속에 알고 있는 지식보다도 원래 습성화된 창의적인 태도와 논리적인 사고가 더 중요하게 발휘된다. 창의력으로 무장되지 않으면 가르치는 것 자체가 고역이다. 배움의 기쁨의 장이이야 할 곳이 두려움과 스트레스로 가득 찬다면 다른 길을 모색해야 한다. 수능은 책에 있는 문제를 내는 것이 아닌 완전히 새로운 창의적인 문제 중심으로 바뀌고 있다. 창의학습, 창조경제, 창조국방 등 모든 것이 창의, 창조 중심으로 가고 있다. 뭔가 자살한 학생들과 교수도 창의적인 아이디어, 창의적인 학습, 창의적인 가르침에 중압감을 느꼈을지도 모른다.

원래 창조란 말은 성경책 창세기 1장에 하나님이 인간과 세상을 만드는 것에 처음 등장한 용어로 하나님만이 무에서 유를 만들어내는데 인간들에게 창조를 강요하니 얼마나 스트레스를 받을 것인가? 그러한 카이스트에 드러진 그늘과 아픔 속

에서도 강태엽 씨는 너무 활달하고 성격도 긍정적이고 매사에
열심이었다. 요즈음 내가 항상 강태엽 씨에게 하는 말이 있
다. "차기 연구소 소장감이야! 열심히 해!"라고 하면 강태엽
씨는 나의 칭찬을 마다하지 않고 뭔가 항상 새로운 각오를
하는 것 같았다. 속으로 이런 생각을 하고 있는지도 모른다.
"팀장님은 원 참! 나는 나중에 국방부장관이 되고 싶은데 소
장이 뭐야?" 정말로 나의 마음을 유쾌 상쾌하게 하는 사랑스
러운 연구원 후배이자 동료이자 부하직원이다.

고등학교 수석입학 2호 이준

1학기에 입학한 학생 중에 이준(가명)이라는 학생이 있었
다. 아버지는 물리치료사이시고 아빠와 단둘이 살았다. 그래
도 이준이는 너무 얼굴이 밝고 매사 적극적이었다. 반에서 항
상 1등을 하는 모범생이었다. 준이는 수업시간에도 친구들이
모르는 부분이 있으면 열심히 도와주는 협동학습의 본을 보였
다. 2학기에도 난 준이를 물심양면으로 가르쳤다. 모르는 문
제는 그냥 넘어 가지 말고 알 때까지 물고 늘어지라고 충고
했고, 준이는 나의 말을 잘 따랐다. 준이의 모습은 다른 배움
터 아이들에게 선한 영향력을 끼치고 있었다. 견학을 갈 때도
친구들을 여러 가지로 배려해주고 챙겨주는 모습은 나중에 커
서 분명히 훌륭한 정부기관의 리더나 기업체의 CEO가 될 것
이라 생각을 했다. 어느 날 준이에게 장래 희망이 뭐냐고 물

어보았다. 특별한 대답이 없었다. 배움터 2학기가 끝나고 입시를 준비하던 중3 아이들이 고등학교 진로 때문에 고민을 하고 있었다. 그러나 준이는 자기가 가야 할 곳을 정확히 알고 있었다. 빨리 일을 배워 직장에 들어가서 돈을 벌어 아버지를 편안하게 모시는 것이 준이의 희망이었다. 준이는 그 해 고입시험을 보았고 당진에 있는 합덕제철고를 수석으로 입학하였다. 준이 실력이면 공주사대부고, 공주고, 서산 서령고는 충분히 들어갈 성적이었다. 그러나 준이는 합덕제철고를 택했다. 대학은 직장 다니면서도 얼마든지 마음만 먹으면 들어갈 수 있다고 나에게 자신감을 보였다. 자존감이 넘치는 아이다. 너무 어린나이에 어른이 되어버렸다. 엄마가 없는 그 자리를 자기가 감당하려는 모습이 역력했다. 아빠도 준이를 너무 신뢰하는 것 같았다. 준이의 판단과 생각을 믿고 매사 적극적으로 밀어주고 격려해주었다. 아빠의 그런 자세 때문에 준이가 저렇게 반듯하게 컸는지도 모르겠다. 준이는 지금 합덕제철고 3학년이다. 꼭 준이가 바라던 소망들이 모두 이루어지길 바랄 뿐이다. 이렇듯 해오름배움터는 짧은 기간에 두 명의 전교수석을 배출했다. 물론 각 모교에서 열심히 지도했겠지만 배움터에서는 특별히 아이들에게 사랑과 진심어린 관심을 가지고 가르쳤다. 지식과 함께 마음을 가슴을 가르쳐준 것이다.

교육의 눈을 외부로 돌려야 하는 이유

나는 우리나라 교육뿐만 아니라 우리보다 살기 힘든 나라의 교육환경은 어떤지 많이 궁금했었고 해외봉사 활동도 하고 싶었다. 지구촌이라는 말이 있지 않은가? 버터플라이효과 (Butterfly effect)라는 말이 있다. 우리나라에 있는 나비가 날개 짓을 할 때 저 멀리 미국의, 아프리카의, 유럽의 기상에 영향을 준다는 말이다. 작은 날개 짓이 다른 곳에서는 큰 영향으로 다가옴을 빗대어 표현한 말이지만 이러한 경우는 실제로 우리 주변에 많다. 조정연 씨가 쓴 "넌 네가 얼마나 행복한 아이인지 아니?"라는 책에 보면 카카오 수출 1위국인 코트디부아르에 대한 이야기가 나온다. 카카오는 우리가 아무런 생각 없이 즐겨 먹는 초콜릿의 원료이다.

영국의 BBC방송에 의하면 카카오 농장에서 일하는 15세 이하의 아이들이 하루 14시간에서 심지어는 20시간의 중노동을 한다고 한다. 주로 이 아이들은 주변의 말리, 토고, 나이지리아, 가나 등의 다른 나라에서 노예 비슷하게 사오는데 하루 작업량을 채우지 못하면 채찍과 갖은 고문을 당한다고 한다. 심지어 도망치다 발각되면 나무에 매달아 죽이는 경우도 있다고 한다. 악덕 농장주와 부패한 정부관료 들이 결탁하고 거기에 거대한 초콜릿 기업들이 슬그머니 눈을 감아주며 초콜릿의 가격을 일정수준으로 맞추고 있는 것이다. 농장주는 인건비가 적게 나가니까 이익, 정부 관료는 뒷돈 챙겨서 이익, 악덕 대

기업들은 싼 원료를 수입하여 가공하여 큰 이익을 챙겨서 이익, 그러면 모두가 이익인가? 15세 어린아이들의 노동력을 착취해서 어른들이 이익을 남기는 것이 정말로 정당한 일인가? 그리고 우리는 마냥 초콜릿을 사먹는 것이 옳은 일인가? 우리나라에서 시판되는 과자나 아이스크림 류에 초콜릿이 안 들어 있는 것이 거의 없다. 거기에 빼빼로 데이, 화이트 데이, 발렌타인 데이(Valentine Day)하며 국내 과자업계들도 여러 가지 상술을 이용하여 초콜릿을 판매하고 있다. 때 묻은 아이들의 손을 이용해서 우리의 혀를 달콤하게 만드는 것이 어른들이 정말로 해야 할 일인가? 나의 무심코 하는 작은 행동이 지금의 코트디부아르를 계속 유지하도록 만들고 있다고 생각하지는 않는가? 우리나라가 직접 코트디부아르에서 카카오를 수입하는지 아니면 세계적인 기업들을 통해 가공식품만 수입하는지는 정확히 모른다. 이제 우리는 국내만을 보면 안 된다. 우리의 눈을 외부로 돌려야 한다. 그래야 우리는 정말로 떳떳이 살 수 있고 무엇이 정말로 옳은 일인가 알 수가 있다. 교육도 마찬가지이다. 우리가 핀란드 교육도 알아야 하지만 경제적으로 어려운 가난한 나라의 교육도 체험해야 한다.

제3부

공교육을 지원하는
서산해오름배움터

캄보디아 영어봉사활동

필자는 2009년부터 해마다 영어봉사캠프팀을 인솔하여 캄보디아에서 초등학생 영어봉사활동을 하고 있다. 캄보디아에는 앙코르와트 유적이 있는 큰 씨엡립과 아무런 사회기반시설이 없는 시골의 작은 씨엡립이 있다. 우리나라로 말하면 광주광역시도 있지만 경기도에도 광주시가 있듯이 캄보디아에도 이름은 같지만 위치가 다른 지역이 있는 것이다. 작은 씨엡립은 수도 프놈펜에서 남서쪽 방향으로 30km 정도 떨어져 있다. 우리 일행은 거기서 5년째 영어봉사활동을 펼치고 있다. 약 일주간 동안 영어로 연극, 노래, 영어배우기, 운동, 만들기, 그림그리기, 단체 활동을 아이들과 함께 한다. 해마다 모이는 13세 이하 아이들은 약 300~400명된다. 이제 아이들을 본 지가 5년 정도 되어서 해마다 갈 때마다 얼굴이 익숙한 아이들이 많다. 캄보디아 초등교육은 오전반과 오후반으로 나뉜다. 아이들이 많다보니 한꺼번에 가르치기가 어렵다.

　　캄보디아는 우리나라와 같이 아픈 역사가 있다. 1970년대 중반에 폴포트라는 독재자가 나타나 많은 양민을 학살하고 나라를 유린했다. 아직도 그때 학살 전범들이 재판 중에 있는데 본인들은 정작 잘못이 없다고 발뺌한다고 한다. 폴포트가 시킨 일을 했을 뿐이라는 것이다. 학살 당시 학식이 높거나 안

경을 착용하고 있거나 손이 거칠지 않거나 조금이라도 이상한 행동을 한 사람들은 모두 공개 처형했다고 한다. 그 역사적 아픔이 아직도 여기저기 나라 전체에 남아 있다. 어른이나 아이들 모두 다른 사람들을 쉽게 믿지 못한다. 부정부패는 나라에 관습처럼 남아 있어 무슨 일을 하든지 간에 뒷돈을 원한다고 한다. 경찰이든 공무원이든 심지어 교사까지 부패하지 않은 사람이 없다. 초등학교에서는 아이들이 시험을 보는데 시험범위는 교사가 복사해준 유인물에서만 나온다고 한다. 그런데 그 유인물을 아이들에게 돈을 받고 판다고 한다. 그리고 유인물을 사지 않는 아이들은 교실에도 못 들어오게 한다니 정말로 어처구니가 없다.

물론 캄보디아 전역이 다 그렇지는 않다. 그러나 거기에 살고 있는 한국교포들의 말을 들어보면 돈에 의해서 사회가 유지되고 지탱되고 있다고 한다. 건전한 돈이 아닌 뒷돈으로만 말이다. 우리나라도 한때 그런 때가 있었다. 나라가 민주화되고 국민 의식수준이 높아지면서 그런 모습을 보기 힘들지만 아직도 후진국들에서 그런 모습을 쉽게 볼 수 있다. 인도도 뒷돈 거래가 많은 나라 중에 하나라고 한다. 거기서 건설업을 하시는 분이 몇 달 동안 인도에서 근무하고 한국에 돌아왔는데 어처구니없는 일을 많이 당했다고 한다.

한 나라의 교육은 국민들의 의식수준과 비례해서 발전하는 것 같다. 2011년 가을, 국제학술대회 참가로 인해 아프리카 북부에 위치한 모로코에 갔었는데 그 나라 국민은 대학을 거의 가지 않는다고 한다. 일정 나이가 되면 일터로 갈 뿐 공부에 대한 열의가 없다는 것이다. 밤새도록 호텔 TV에서는 반미 구호만 외치고 골목 구석구석에서 엎드려 알라에게 절만 하고 있었다. 여기저기 진흙으로 세운 모스크만이 이슬람의 외로운 자존심을 말해 줄 뿐 교육의 미래가 보이지 않기 때 문에 나라의 미래도 보이질 않았다. 아이들이 열등의식에서 벗어날 때 자존감을 회복하듯이 이슬람도 이스라엘이라는 나 라에 대한 열등의식을 빨리 벗고 마음속 깊이 잠재되어 있는 그들만의 역량과 찬란했던 과거의 문명을 기억하며 다시 일어 서야 할 것이다.

캄보디아는 그래도 캄보디아 주변국에 비하면 상대적으로 밝은 미래가 엿보인다. 베트남, 라오스, 미얀마 등의 나라보다 외국의 산업, 문화 및 타 종교를 어느 정도 잘 받아들이고 있 다. 현지 비자제도를 갖고 있는 캄보디아는 공항세관에서도 많은 뒷돈이 거래되었다. 그러나 지금은 그런 모습이 많이 없 어지고 있다. 5년 전에 처음으로 프놈펜 공항을 통과할 때 얼 마나 긴장을 했었던지 지금도 기억이 생생하다. 그러나 요즈 음 공항세관 통과가 어렵지 않다. 시간도 많이 지연되지 않는 다. 국가에서 계속적으로 교육을 시키고 지켜지지 않을 시 엄 중 징계를 하고 있기 때문이다.

교육이란 정말로 중요한 것이다. 나쁜 악습을 무너뜨리고 무 엇이 진실이고 정의인지 알 수 있도록 해준다. 캄보디아에서 펼치고 있는 영어봉사활동은 해오름배움터를 올바른 방향으로 이끄는데 도움을 주고 있다. 해오름배움터는 꿈이 있다. 국민 모두가 교육의 주체가 되어 교육의 현안들을 같이 풀어 나가야 한다. 캄보디아처럼 인도처럼 모로코처럼 정부나 국민 모두가 교육의 주체가 아닌 교육의 방관자가 되어버리면 그 나라에는 미래가 없다. 우리는 캄보디아 어린이들에게 꿈을 가르친다. 우리나라의 1950~1960년대의 모습과 지금의 모습을 비교해서 보여 준다. 우리나라가 이렇게 발전할 수 있었던 것은 교육의 힘이 크다는 것을 가르친다. 서울대 황농문 교수가 쓴 "공부의 힘"이라는 책을 보면 우리나라가 짧은 기간에 산업이 월등히 발전할 수 있었던 계기는 1980년대에 창의적인 석·박사인력들이 산업현장 곳곳에 스며들었기 때문에 가능했다고 주장하고 있다. 교육의 힘은 나라의 흥망성쇠를 책임질 만큼 대단한 것이다. 씨엡립의 어린이들 중 분명 우리의 작은 수고와 노력으로 캄보디아를 책임질 일꾼들이 많이 나오리라 확신한다.

서산여중 3학년 지나의 입학 진로

    2011년도 1학기에는 서산여중학생들이 많이 입학을 하였다. 공부에 대한 열정이 있어서 어떤 목표를 갖고 입학을 했다기 보다는 그냥 학교에서 추천받아 온 듯했다. 소정이, 진희, 지나(가명), 선(가명), 지은이 등 6명의 학생들이 입학을 하였다.

학교성적이 떨어지고 반에서 등수가 뒤에 있어도 상관하지 않는 아이들이었다. 그러나 심성은 고왔고 착했다. 난 사실 공부를 잘하는 아이들보다 심성이 예쁘고 예절이 바른 아이에게 더 관심이 간다. 진희를 비롯하여 서산여중 아이들은 착하고 선생님에 대한 태도가 바르고 수업자세도 좋았다. 난 이 아이들에게 지식을 주기보다 공부의 즐거움을 주려고 노력했다. 왜 공부를 해야 하는지에 대한 물음을 자신에게 던질 수 있도록 가르쳤다. 아마도 이 아이들은 중1 부터 계속 공부에 대한 흥미가 없었던 것 같았다. 나의 노력과 관심에도 불구하고 성적이 올라갈 기미도 보이지 않았다. 어차피 난 성적을 올리기보다 공부에 흥미를 붙일 수 있도록 지도하리라 마음을 먹었기 때문에 성적이 오르지 않는 것에 개의치 않았다. 분명히 수업시간에 누차 쪽지시험에 나오는 단어이니 잘 암기하라고 말했건만 쪽지시험을 보면 30개 중에 3~5개 정도만 무슨 뜻인지 알고 나머지는 모두 백지상태로 제출하였다.

어느 날 수업에 잘 참가하던 지나가 배움터에 나오지 않기 시작했다. 몇몇 친구들을 통해 알아 본 바로는 지난 학교영어 시험에서 성적이 더 떨어져 배움터에 더 이상 가지 말라고 지나 어머니께서 지나에게 말했다고 한다. 지나는 평상시 친구들과 대화하는 것을 보면 매우 해박하고 사교적이다. 여러 어려운 용어도 대화에 사용하고 다른 아이들과 어떤 행사를 주관할 때도 앞에서 리드하는 성격의 소유자였다. 그런데 영어단어시험을 보면 문제 30개 중 2~3개 정도만 안다. 친구들 얘기로는 수업시간에 떠들지는 않지만 딴 생각을 많이 하는 것 같다고 말해주었다. 아이들이 쓰는 표현으로는 멍 때린다고 한다. 수학도 100점 만점에 5점정도 맞는다. 객관식이 3분의 2는 된다고 하니 대충 연필을 굴려도 확률적으로 15점 이상은 나와야 하는데 절묘하게 정답만을 피해가는 것 같았다. 그냥 찍지는 않고 나름대로 이유를 갖고 정답이라고 생각하면서 답안지를 작성하는 것 같았다. 수업시간에 유심히 보니 정말로 눈이 항상 나 또는 칠판에 있지 않고 무슨 생각을 그리하는지 동공이 풀린 상태에서 씩씩 웃기만 하였다. 반등수도 거의 최하위라는 것을 알았다.

그런데 한 가지 궁금증이 생기기 시작했다. 더 내려갈 등수도 없고 더 내려갈 점수도 없는데 왜 지나 어머니는 성적이 떨어진다고 배움터에 가지 말라고 했을까? 약간 웃음이 나오기도 했지만 아이러니했다. 생각해 볼 수 있는 경우가 여러 가지가 있다. 지나가 배움터에 나오기 싫어서 핑계를 댈 수도 있고, 공부해봐야 성적도 오르지 않는데 괜히 배움터 가서 그냥 앉아 있느니보다 집에서 집안일 하는 게 더 낫지 않겠느냐고 어머니께서 판단하셨을 수도 있다. 다음으로는 학교에서도 공부 못한다고 알려져 있는데 배움터에 가서도 마찬가지이니 창피해서 그만 하라고 했을 수도 있고, 정말로 지나가 성적이 떨어진 것이 배움터 때문이라고 생각할 수도 있다. 마지막으로는 지나가 공부하는 그 시간에 집에서 지나가 더 급히 해야 할 일이 생겼을 수도 있다. 내가 이렇게 여러 경우를 가정하며 추리하는 이유가 있다. 위 경우 중 첫 번째, 둘째,

셋째는 여러 친구들을 통해 알아 본 바로는 적당한 이유가 되지 못했다. 그러면 넷째 아니면 다섯째인데 마지막 이유도 알아 본 바로는 집에 급한 일이 없다는 것이다. 그럼 넷째인가? 정말로 부모님의 마음으로는 그렇게 생각할 수도 있겠다는 생각이 들기 시작했다. 만약에 한 반이 36명인데 반에서 35등하다가 36등 했다면 그렇게 생각할 수도 있을 것이다. 그런데 그것이 배움터 때문이라고 말하기에는 물증이 불충분하지 않은가? 그 부모님은 단순하게 던진 말인데 나만 복잡하게 추리하고 생각하고 있지는 않은가? 이런 생각이 들었다. 그러나 부모님의 마음은 본인 자녀가 반에서 35등을 하더라도 귀한 존재이구나 하는 생각이 들었다. 본인 자녀가 설사 배움터 때문이 아니라 하더라도 그런 식으로 얘기함으로써 스스로 자존심을 회복 받고 위로를 받고 싶어서인지도 모른다. 공부 못하는 이유를 밖으로 전가하여 내면의 위로를 받고 싶었는지도 모른다. 지나가 멀쩡히 이야기도 잘하고 어떤 일에 있어서 리드도 잘하는데 시험만 보면 죽을 쓰니 얼마나 부모로서 마음이 답답했겠는가?

지나의 경우는 학교 담임선생님의 진로 지도가 매우 중요하다고 생각한다. 공부로는 안 되는데 계속 공부를 시키는 것은 아이에게는 고역이다. 말도 잘하고 모임도 리드하니 그런 쪽으로 살려서 진로를 선택하도록 도와주는 것이 지나에게 가장 시급한 일이 아닌가 생각해본다. 말 잘하고 모임을 잘 이끈다고 해서 공부를 잘하는 것은 아니라는 사실을 지나를 통

해 확실히 알게 되었다. 수시든 수능이든 모두 공부와 관계가
되고 입학사정관제도도 기본적으로 내신이 어느 정도 기준 이
상이 될 때 통하는 제도이다. 내가 볼 때 지나에게는 공부를
통하여 무엇을 하기 보다 공부 이외의 외부활동을 비교적 자
유롭게 할 수 있는 자기가 좋아하는 활동영역을 넓혀 나가는
것이 훨씬 장래를 위해 유리하다는 생각이 들었다. 내신과 상
관이 적은 비인가 대안학교를 입학하는 것도 한 가지 방법이
아닌가 생각을 했다. 지나를 통해 얻은 교훈은 입시지도는 아
이들의 적성, 학업성취도, 공부에 대한 열의, 가정환경, 공부
이외의 특기 등을 통해 다양한 각도에서 이루어져야 한다는
것이다.

고쳐질 것인가? 마음의 부담감으로만 남을 것인가?

배움터를 운영하면서 아이들과의 대화가 매우 중요함을 느
끼게 되는데 그 이유가 거의 대화를 통해 갈등이 싹트기 때
문이다. 학생과 교사와의 갈등, 학생과 학생 간의 갈등 등등
모든 갈등이 대화를 통해 시작한다. 대화는 갈등의 시작이기
도 하지만 갈등을 해결하기 위한 방법의 시작이기도 하다. 그
렇다고 말을 하지 않고 살 수는 없지 않은가? "신이여, 고칠
수 없는 일은 의연히 받아들이는 여유로움을, 고쳐야 하는 일
은 기필코 고치는 용기를, 그리고 두가지 일을 구별하는 지혜
를 주소서"라고 신학자 라인홀드 니버는 말했다.

우리는 무슨 일에 논쟁을 벌이거나 토론을 할 때 여러 가지 고려해야 할 요소가 있다. 아이들에게 어떤 일이 잘못되었다고 나무라거나 훈계하기 전에도 마찬가지이다. 내가 이런 말을 해서 아이가 고쳐질 것인가? 아니면 관계만 이상해지는 것은 아닌가? 생각해 보아야 한다. 내가 어떤 말을 하여 아이로 하여금 잘못되었다고 용서를 구하는 말을 들었다고 과연 그것이 아이에게 도움이 될까? 아니면 면피용으로 하는 말일까? 아이의 잘못이 계속 진행 될 것으로 보이는가? 즉 지속적인가? 일시적인가? 아이에게 훈계를 할 때 시기적으로 적절한가? 내가 하는 것이 맞는 것인가? 이 아이가 학습 분위기를 어지럽게 하고 수업시간에 떠드는 것이 의도적인가? 아니면 무의식중에 하는 행동인가? 아이의 잘못이 사소한 것인가? 아니면 배움터 수업에 악영향을 끼치는 중대한 일인가? 마지막으로 내가 훈계한다고 해서 이 아이가 고쳐질 것인가? 아니면 오히려 학습 분위기만 엉망이 되고 관계만 나빠질 것인가?

　위와 같이 나는 아이들을 지도할 때 나름대로의 원칙이 있다. 사실 이 원칙은 내가 연구소에서 토의를 할 때나 회의를 할 때도 적용하는 방법이다. 간혹 이 원칙이 전혀 먹히질 않을 때가 있지만 말이다. 말을 해서도 변화가 될 것인가? 아니면 안 될 것인가? 내가 잘못 판단하여 혼이 난 적이 있다. 아이들은 한명 한명이 개성이 다르고 변화무쌍하다. 어떤 행동을 할지? 무슨 말을 할지 모른다. 그렇다고 항상 받아주면 학습 분위기가 흐트러지고 아이 자신에게도 좋은 결과를 줄 수 없다. 그래서 난 나름대로의 원칙을 세워서 아이들을 지도한다. 아이들의 행동과 말이 분명 문제가 있다고 판단이 들면 그 해당 아이와 면담을 하는데, 그때도 나름대로 원칙이 있다. 일단 아이가 올바르게 바뀔 것이라는 긍정적인 기대를 갖고 대화한다. 그리고 아이가 분명 반대의사를 나타낼 것이라고 예상되는 질문을 사전에 예상하여 먼저 아이에게 알려준다. 그리고 내가 왜 훈계하는지를 하나, 둘, 번호를 붙이면서 설명한다. 나의 지도와 훈계가 아이 자신에게 얼마나 득이 되는지를 부각시킨다. 마지막으로 아이에게 여러 가지 질문을 통해 나의 생각을 깨닫도록 안내한다. 나름대로 원칙을 가지고 이야기를 했음에도 불구하고 요지부동이면 일단 한발 후퇴한다. 아이의 태도와 마음자세가 나의 훈계와 설득을 받아들일 준비가 안 되었음을 빨리 확인해야 한다. 아이가 왜 나의 말에 요지부동이었을까? 다시 심사숙고한 후 이후 보완하여 적절한 시기에 아이에게 다시 이야기한다.

아이들을 올바르게 지도하고 설득하는 모든 요소에는 선생님의 합리적인 판단이 따른다. 사소한 일인가? 중요한 일인가를 누가 결정하는가? 바로 선생님이 해야 하는 것이다. 고쳐질 가능성이 있는지? 아니면 내가 얘기한다고 해서 고쳐질 가능성이 없어 보이는지? 모두가 선생님 판단의 몫이다. 설득을 할 때도 제일 먼저 긍정적 기대를 가지고 접근해야 하는데 이것은 말하는 선생님의 긍정적 태도에 달려 있다. 따라서 학교나 학원 등에서 상담교사는 아이들과 오랜 기간 같이 생활한 경험이 있는 분들이 해야 하고 판단력이 탁월하며 항상 긍정적인 자세가 몸에서 자연스럽게 드러나야 한다.

간혹 연구소에서 토의를 할 때나 논쟁을 벌일 때 내 나름대로 설정한 6가지 원칙을 어길 때가 있다. 생각보다 감정이 먼저 표출될 때 그렇게 되는데 감정조절이 매우 중요함을 느낀다. 아무리 이성적으로 말을 한다고 하더라도 감정이 조절되지 못하면 올바른 대화를 할 수 없다. 배움터에서 아이들과 대화를 할 때도 감정이 매우 중요하다. 씩씩거리는 아이 앞에서 선생님도 같이 씩씩거리고 있으면 근본적으로 대화가 안 된다. 씩씩거리는 아이의 마음을 가라앉힐 수 있는 여유가 선생님에게는 있어야 하고 용기도 있어야 한다.

5년 전의 일이 생각난다. 중2학년 여학생이었는데 가르치는 선생님이 마음에 안 든다고 나에게 달려 온 아이가 있었다. 물으면 대답도 잘 안 해 주고 가르치는 자세가 소극적이라는 데 불만이 있었다. 공부를 열심히 하고 싶은 아이 입장에서는 맞는 말이다. 그런데 배움터 선생님들은 역으로 보수를 받고 아이들을 가르치는지 아니면 무료로 가르치는지를 두 눈을 부릅뜨고 내게 항의하는 것이었다. 이 말에 화가 났지만 그렇다고 "배움터 선생님들이 무료로 시간을 내어서 어렵게 가르쳐 주는 것에 감사하게 생각할 줄도 모르는 어린 철부지 같으니라고"하며 아이에게 이해를 바라서는 문제가 해결되지 않는다. 나는 일단 아이의 말에 동의하면서 "그래 너의 말이 맞구나! 선생님께서 질문에 답을 해 주지 못함은 안 되는 일이야!

왜냐하면 질문은 수업에 있어서 매우 중요한 부분을 차지하거든!"이라고 아이의 말에 동감을 먼저 해주었다. 그리고 난 후 아이에게 "선생님이 그 선생님을 대신하여 미안하다는 말을 해주고 싶구나!"라고 말했다. 그 다음 "다음에는 아마도 그런 일이 없을 거야!"라고 후속조치를 말한 뒤에 선생님께서 왜 질문에 답을 하지 안했을까를 아이에게 되물어봄으로써 아이에게도 잘못이 있음을 넌지시 알려주었다. 아이는 나의 말에 씩씩거리는 자세를 풀고 오히려 미안한 마음을 갖고 자기교실로 돌아간 적이 있었다. 불만이나 화를 내는 아이들에게 내가 흔히 사용하는 대화원칙은 3A방식이다. 즉 Agree, Apology, Action이다. 이 방식은 여러 대화관련 책자에서 인용되고 있다. 3A방식으로 아이들에게 다가갈 때 대다수 아이들이 감정을 누그러뜨리고 자기 자리로 돌아간다.

엄마와 단둘이 살고 있는 선이

2011년도 2학기에는 중3 선이라는 아이 때문에 많은 것을 깨달았다. 선은 부모의 이혼으로 어머니와 단둘이 살고 있었다. 학교도 2학기 시작하기 전에 그만두었다. 자퇴한 것인지 퇴학을 당한건지 정확지 않았다. 그냥 집에서 놀기가 뭐해서 배움터 나와서 공부한다고 했다. 선이는 심성은 착한데 같이 어울리는 친구들이 선과 거의 비슷한 친구들이었다. 술집이나 노래방에서 아르바이트하는 친구들과 알고 지내는 오빠들이 많았고, 선도 간혹 그런 친구들을 따라 그런 곳에서 아르바이트를 하는 것 같았다. 공교육을 포기한 선이를 어떻게 지도하는 것이 선이 인생에 도움이 될까? 선이 인생에 도움이 될 것 같지 않은 그 아이들과는 어떻게 거리를 두게 할 수 있을까? 내가 해줄 수 있는 일이 뭔가? 간혹 집에도 안 들어가는 것 같기도 했다. 마음이 아팠다. 선이는 그런 친구들과 어울려 다니는 것이 공부보다 훨씬 즐겁고 신나는 일이라고 생각했기 때문에 해오름배움터에 나오는 것 자체가 고마울 따름이었다. 뭔가 배워야겠다는 목적의식이 마음 한구석에 있다는 증거이기 때문이다. 배움터에는 선처럼 학교를 그만두고 공부하는 아이는 없다. 선은 배움터 수업시간에 줄곧 거울을 보거나 휴대폰을 만지작만지작 했다. 나는 교사로서 많이 인내하고 선이가 차츰차츰 바뀌기를 기다렸다. 배움터에서 태권도를 좀 하는 수정(가명)이라는 학생이 있었는데 이 아이도 공부엔 관심이 없고 기초적인 지식을 까먹지 않기 위해 배움터를 나오는 아이였다.

어느 날이었다. 선과 수정이가 말다툼을 심하게 하고 있었다. 선이 말로는 수정이가 자기한테 까분다는 것이었다. 그런데 수정이도 운동을 하고 있는 아이라 기 싸움에서 전혀 밀리지 않았다. 선은 소위 우리가 말하는 학교에서 좀 노는 아이이고 수정이는 운동 열심히 하는 비교적 큰 체격의 보통아이이다. 말다툼이 커지자 선이는 수정이를 협박하기 시작했다. "너 앞으로 계속 기어오르고 까불면 내가 알고 지내는 오빠들에게 일러 줄 거야! 너 혼나고 싶어!" 그럼에도 불구하고 수정이는 눈 하나 깜박하지 않았다. 난 배움터 대표교사로서 이 둘 아이의 싸움을 심각하게 생각하고 중재하기 시작했다. 선과 수정이를 불러다가 요목조목 무엇을 잘못했는지 차근차근 말하고, 무엇이 고민인지를 들어보았다. 선이는 화장을 진하게 한다. 연극배우들처럼 화장을 하기 때문에 민낯을 보기가 매우 어렵다. 수정이는 선이 화장에 대해서 얘기를 했고 선이는 그것이 못마땅한 것 같았다. "선생님들도 가만히 계시는데 왜 네가 난리야!"라고 하며 매우 화를 냈다. 수정이 입장에서는 "학생이 학생다운 행동을 해야 되지 않겠느냐!", "넌 공부하러 왔냐? 아니면 놀러왔냐?" 뭐 그런 말을 선에게 겁도 없이 따진 것 같았다. 선이는 학교에서도 그런 말을 들은 적이 없는데 배움터에 와서 그런 말을 들으니 자존심이 상한 것 같았다. 선과 수정의 싸움은 나의 호된 꾸지람과 중재로 일단락되었지만 또 싸울 것 같아 이 둘은 서로 가까운 위치에 못 앉도록 조정하였다. 배움터는 공부를 하고 싶으나 생활환경이 어려운 아이들이 입학하는 곳이기에 앞으로 이런 일은 계속 발생할 수밖에 없고 야간학교라 선생님들의 대처 능력이 떨어질 수밖에 없기 때문에 입학 때 아이들의 가정환경, 성격, 학습의욕 등을 보고 입학시킬 수 있도록 입학기준을 새롭게 만드는 계기가 되었다.

배움터가 모든 아이들을 입학시킬 수는 없다. 배움터 설립취지와 맞아야 하기에 입학기준을 만드는 것은 중요한 일이다. 여자 아이들 간의 싸움은 남자선생님들이 잘 이해를 못할 수도 있기 때문에 여자선생님을 통해 아이들을 지도하는 것도 한 가지 방법이라 할 수 있겠다.

2학기 수업 도중에 선이가 자기 친구들이 배움터를 구경하고 싶다고 이곳에 온다는 얘기를 하였다. 그 친구들은 모두 학교를 중퇴하고 여기저기 돌아다니는 아이들이었다. 난 그런 아이들이 어떻게 매일매일 생활하는지 알고 싶었다. 그날 선의 친구들 4명이 배움터를 찾아왔는데 복장부터가 남달랐다. 하나같이 짧은 치마에 화장은 얼마나 두껍게 했는지 중학생인지 어른인지 구분이 안 되었다. 순간 나는 어리둥절하기도 하고 마음이 안타깝기도 했다. 이제 나이가 16살밖에 안 되는 여자아이들이 학교는 중퇴하고 저렇게 밤마다 돌아다닌다 생각하니 마음이 너무 답답했다. 그중에 한 아이가 삼겹살이 먹고 싶다고 해서 수업이 끝난 후 아이들을 데리고 시장골목에 있는 고깃집에 갔다. 왜 학교를 중퇴했냐고 물어보았더니, 공부가 싫고 집에서도 나오고 싶었다는 것이다. 한 아이는 부모가 일찍 이혼하고 할머니와 같이 살고 있는데 일주일에 한두 번 집에 들어간다고 했다. 소년소녀 가장으로 국가에서 보조금이 나오는데 그것으로 할머니와 단둘이 생활을 하고 있었다. 간혹 아이들을 데리고 자기 집에 가서 며칠 동안 자고 먹고를 반복한다고 했다.

나는 연구소에 입소한 이래로 서산시 동문동에 위치하고 있는 성남보육원에서 아이들을 가르치는 봉사활동을 해왔었다. 아이들을 위하여 보충수업을 해주는 일이었다. 보육원에서 지내는 아이들은 협동심도 있고 보육원 선생님들이 관리를 하기 때문에 나쁜 길로 들어서거나 나쁜 친구들을 만나는 일이 소년소녀 가장들보다는 적었다. 보육원 원장님께서 이런 말씀을 하신 것이 기억난다. "우리나라 소년소녀 가장제도는 실패한 제도입니다. 비슷한 또래의 아이들이 소년소녀 가장 집에 모여서 담배도 피고 술도 마시고 아이들이 나쁜 길로 가기에 딱 좋은 제도예요". 난 그 원장님의 말씀에 동감한다. 배움터에 찾아 온 선의 친구들도 소년소녀 가장인데 국가에서 나온 보조금을 유흥을 위해 탕진하고 있었다. 이 아이들이 무슨 잘못이 있나? 이혼한 부모의 잘못이요, 잘못된 제도임에도 불구하고 계속 유지하고 있는 국가의 잘못이 아닌가? 대책 없이 아이를 낳는 어른들의 잘못이며, 이런 아이들을 받아 주지 못하는 우리나라 교육의 현실과 제도가 문제이고, 돈을 벌겠다고 이런 아이들을 고용하여 술을 파고 노래방을 경영하는 어른들의 잘못이 아닐까? 삼겹살을 같이 먹으며 "옷이 왜 그러니?", "너희들 화장은 왜 하고 다니니?", "너희들 학교에 가고 싶지 않니?", "공부해서 나중에 훌륭한 사람이 되어야 하지 않겠니?"라며 영혼 없는 질문과 훈계를 하고 싶지 않았다. 그냥 그 아이들과 웃으며 같이 삼겹살을 먹는 것이 더 의미가 있고 그들이 무슨 생각을 하고 있는지 같이 느끼고 공감하는 것이 더 소중하게 느껴졌다. 식사를 마친 그 아이들은 누군가 기다려 줄 사람도 없는데도 나름대로 바빠 보였다. 공교육이든 사교육이든 대안학교든 혁신학교든 선이 친구들을 받아 줄 교육기관은 사실상 거의 없다. 앞으로 우리나라도 미국사회와 비슷해진다고 하는데, 이혼율이 나날이 상승하고 있고 이에 따라 우리나라 많은 가정은 이미 핵가족화 되어 가고 있다. 갈수록 소년소녀 가장이 더 많아질 것이고 교육의 사각지대에 놓여 있는 청소년들이 더 많아질 것이라 본다. 국가적 차원의 대책이 필요하다고 본다. 다행히 소년소녀 가장제도는 점차 폐지되고 있다. 일반 위탁가정이나 보육원 같은 시설로 아이들을 보내고 있는 추세다.

우리는 국가를 싫든 좋든 바다 위에 떠 있는 배로 보아야 한다. 산업의 발전과 자율이라는 의식수준의 상승은 다양성의 존중으로 이어지게 되고 개인의 의견이, 특수집단의 의견이 대중의 의견, 국가의 이념만큼이나 중요하게 부각되어진다. NIH(Not Invented here Syndrome)증후군이라는 말이 있다. 자기 아이디어가, 자기 판단이 최고라고 여기고 객관성을 잃어버리는 것을 말한다. 우리 어른들은 소위 공부에 흥미가 없는 교실 뒤에서 노는 아이들을 보는 시선이 곱지 않다. 일단 보면 기분이 안 좋기 때문에 오로지 판단하고 훈계하고 질책한다. 그 아이들이 왜 그러는지? 어른들이 저렇게 만든 것은 아닌지? 내가 NIH증후군에 포함되는 것은 아닌지? 스스로에게 물어볼 필요가 있다. 교육을 바다 위에 떠 있는 배라고 본다면 배가 처음 목적지를 향하여 정상적으로 항해를 하는 것은 어른들의 몫이다. 아이들을 향한 어른들의 획일적인 판단은 교육이라는 배를 스스로 좌초하도록 흔들어 놓는 것과 같다. 배가 목표한 방향으로 가도록 배에 속한 모든 인적, 물적 자원을 객관화하고 한쪽으로 편중되는 부분은 없는지 살펴

볼 일이다. 대안교육은 효과가 없다거나, 현재 교육제도만 혼란스럽게 만든다거나 하며 짧은 기간에 판단하는 것은 시기상조다. 모든 가능성을 열어두고 공교육이든 사교육이든 대안교육이든 혁신교육이든 서로간의 단점을 반면교사로 받아들인다면 분명 우리나라 교육의 미래는 희망적이다.

진정한 의미의 대안학교

해오름배움터도 공교육지원 방과 후 야간학교로서 포괄적인 의미에서는 대안학교 중의 하나이다. 그러나 대안학교가 교육 공동체적인 어울림, 공교육 상생이라는 목적을 갖고 있기는 하나 공교육만으로는 완전한 교육이 이루어질 수 없다는 개념에서 시작했기 때문에 엄밀히 말하면 공교육을 지원하고 있는 것은 아니다. 그러나 해오름배움터는 공교육을 지원하는 것이 배움터 설립 목적 중의 하나이다. 따라서 기존 대안학교와는 차별화가 된다. 우리나라의 대안학교는 인지학적 교육이론에 바탕을 둔 독일의 슈타이너의 발도르프학교를 모델로 운영하는 학교가 많다. 발도르프학교는 정신을 강조하는 내적 자유와 벗어나는 자유가 아닌 할 수 있는 자유인 적극적 자유를 중요시 여기고 교육을 하나의 예술로 보고 있다. 국내의 대표적인 발도르프학교는 제천의 꽃피는 학교, 부산의 사과나무학교, 홍천의 팔렬고등학교 등이다. 기독교대안학교도 많은데 원주의 영강세마학교, 포항 한동글로벌학교, 서산 꿈의 학교,

안산의 들꽃 피는 학교, 구리의 두레학교, 분당 샘물학교 등이다. 기독교 대안학교는 하나님을 기쁘시게 하는 리더, 즉 크리스천 월드리더를 양성하자는 것이 대다수 학교들의 목표이다. 시설이 좋지만 등록금이 상대적으로 만만찮은 학교로는 죽전의 BHCS, 서산 꿈의 학교, 포항 한동글로벌학교이다. 이들 학교들의 공통점은 영어수업을 진행하고 미국교과과정을 따른다는 것이다. 과연 미국교과과정을 따르고 영어로 수업을 진행한다고 해서 글로벌 인재를 배출한다고 할 수 있는가? 물론 우리나라의 교육이 미국의 영향을 많이 받고 있고 대학생들이 가장 유학 가고 싶은 나라가 미국이라는 사실은 부인할 수 없다. 그러나 우리 실정에 맞는 대안학교가 뭔지 더 고민할 필요가 있다. 그러나 꼭 학교 부적응 아이들, 저소득층 아이들, 학교에서 중도 탈락한 아이들만이 대안학교의 해당자라고는 할 수 없다. 부유한 가정의 아이들도 대안학교에서 공부할 수 있으며 죽전의 BHCS, 서산 꿈의 학교가 그런 학교에 속한다. 특별히 포항 한동글로벌학교는 45명의 교사진이 신앙교육, 인격교육, 능력교육, 민족교육, 국제교육을 다양하게 펼침으로써 졸업 후 약 95%가 미국, 국내 유수대학으로 진학을 한다고 한다. 입시교육에 숨도 제대로 쉴 수 없는 아이들에게 다양한 쉼의 학습을 실천함으로써 좋은 대안학교의 롤 모델을 보여 주고 있다.

대안학교는 원래 학교 부적응 학생, 가정형편이 어려운 아이들, 소외된 청소년, 공교육 중도 탈락한 청소년 등을 돕기 위해서 자생적으로 생겨난 서민을 위한 학교라고 보는 것이 더 맞다. 홍천의 팔렬고등학교, 원주의 한알학교, 부산의 우다다 학교, 안산의 들꽃 피는 학교, 용인의 홍덕고등학교, 화성의 두레자연 중·고등학교, 구리의 두레학교 등이 해당된다. 좋은 시설에서 좋은 급식에 미국의 교과과정을 도입하고, 유능한 외국인 교사를 채용하고, 전국적인 수준의 입시요강을 발표하고, 소수정원제를 고집하고, 미국에 소재한 타 대학, 타 중·고등학교와 정기적으로 교류를 갖는 등등 최고 수준의 교육 인프라와 콘텐츠를 제공하는 것은 대안학교의 원래 취지는 아니다. 솔직히 말해 튼튼한 재정이 뒷받침되면 거의 가능한 학교의 형태이다. 우리가 생각해보아야 할 것은 공교육의 그늘 속에서 어렵게 공부하고 있는 아이들을, 심지어는 공교육의 혜택도 못 보는 소외된 우리 아이들을 "세상은 살 만한 곳이야!", "세상과 한번 부딪쳐봐!", "포기하면 안 돼! 너희들 곁엔 우리가 있어!" 목 놓아 부르짖고 가르치기 위해 교육의 본질을 깨닫고 현실의 고단함과 세상의 물질을 고사하고 교육의 본질인 인성과 지식, 소양을 아낌없이 전수하고 나누어주기 위해 사생결단의 양심으로 똘똘 뭉쳐 있는 선생님들이 계신 곳, 바로 그곳이 대안학교라고 생각한다. 대안이라는 자체가 완성이 아니고 과정이 아닌가? 교육이란 아이들과 같이 고뇌하고 울고 웃고 깨닫고 뒤돌아보고 전진하고 넘어지고 다시 일어서고 가슴이 뭉클해지고, 뭐 그런 게 교육이 아닐까? 교육의 3가지 요소, 교육이론 등등 거창한 교육철학과 이념을 얘기하지 않더라도 우리의 양심이 교육이 뭔지 얘기해주고 있지 않은가?

해오름배움터는 공교육지원 통합자율야간학교이다. 엄밀히 공교육을 대체하는 대안학교를 시작하려고 한 것은 아니다. 공교육도 얼마나 많은 시간에 걸쳐 시행착오를 거쳐 여기까지 왔겠는가? 특목고나 자사고를 제외하고 공교육은 무료교육을 원칙으로 한다. 대안학교도 무료교육을 하는 곳이 있으나 일정 등록금을 받는 곳이 많다. 해오름배움터는 무료교육을 원칙으로 한다. 단, 학생선발을 철저히 하여 해당 아이들이 입학할 수 있도록 입학 프로세스를 정립해나가고 있다.

2012년 1학기를 맞이한 배움터

2012년 1~2월이 지나가고 새로운 1학기를 맞이하였다. 소정이, 선이, 지은이, 진희 등 3학년 아이들이 배움터를 졸업하였다. 서산여고, 부석고, 서산중앙고 등으로 모두 흩어졌다. 이제는 스스로 공부를 주도적으로 해야 할 학년이 되었다. 그렇지만 지금도 간혹 전화도 오고 식사도 같이한다. 아이들과 수업하면서 미운 정 고운 정이 들어버렸다. 근래에도 아이들이랑 만난다. 지금은 고등학교 2학년이다. 자기진로에 대해 아이들은 대체적으로 분명하다. 배움터 수업시간에 본인이 가장 잘 하는 것, 가장 좋아하는 일, 보람을 느낄 수 있는 직업을 선택하라고 매번 강조를 했었다. 지은이는 어린 아이들은 매우 좋아한다. 유아교육학을 전공하기 위해 열심히 공부하고 있고 유치원에도 자주 방문하여 선생님들이 어떻게 아이들을 가르치는지 유심히 관찰하고 체험하기도 한다. 진희는 매우 활달하고 다른 아이들을 엄마처럼 잘 돌본다. 내가 뭐라고 말은 하지 않았지만 간호사가 적성에 딱 맞지 않을까 생각한다. 아이들은 배움터를 졸업했어도 계속 스승과 제자의 관계가 이어지고 있다.

2012년 1학기부터 중3아이들 입시에 많은 노력을 기울였다. 주로 서산여중학생들이었다. 가르치시는 선생님들도 전공별로 보강되었다. 특히 학원에서 수학을 가르치시는 선생님과 한서대 항공학부 3학년 학생들이 교사로 참여하였다. 한서대 학생들은 의무적으로 학부졸업을 위해서도 봉사활동 점수 30점을 확보해야 한다. 해오름배움터는 서산시에 등록되어 있는 정식 야간학교이기 때문에 해오름배움터에서 학생들을 가르치면 봉사점수 30점을 얻을 수 있다. 한서대 학생들 입장에서는 봉사활동해서 보람을 느껴서 좋고 졸업할 수 있는 자격요건을 충족시켜 좋고 여러 가지로 도움이 된다. 직장인들도 봉사단체에서 봉사를 통해 일정 점수를 획득하면 직장에서 진급 시 유리한 조건이 된다든지, 아니면 서산시에서 마일리지 제도 같은 것을 통해 봉사점수를 마일리지로 적립하여 나중에 재래시장을 활성화해 줄 온누리 상품권이나 지역 농산물 교환권 등으로 교환해주는 제도를 도입함으로써 많은 직장인들이 배움터 교사로 동참할 수 있지 않을까 생각해 본다. 배움터 아이들은 무상으로 가르치지만 양질의 교육을 확보한다는 측면에서 교사들에게 적절한 보상의 대가를 지불하는 것도 현실적으로 옳다고 생각한다. 대안학교처럼 학교의 교사로 정식직원이 되는 것이 아니라 배움터의 교사는 지역 주민들이 자원하는 임시적인 교사이므로 무보수원칙이나 학생들의 성적 향상을 위하여 적절한 범위 내에서 사례비를 드리거나 기타 대학생의 경우는 해당 대학교에서 봉사 장학금을 받을 수 있게 한다거나 봉사활동 수료증, 봉사활동 점수표 등을 이용하여 가르치는 선생님들의 의욕과 사기진작을 높일 필요가 있다.

난 항상 학기 시작 전에는 사람을 찾아나서는 헤드헌터(사람 사냥꾼)가 된다. 배움터 입학 전에 합당한 학생들을 선발해달라고 각 중학교의 교장, 교감선생님을 만난다. 아이들이 선발되면 이번에는 선발된 아이들을 가르쳐 줄 교사를 구하기 위하여 여기저기 찾아다닌다. 연구소 내에서도 교사를 물색하지만 서산 인근지역에 위치한 대학교의 대학생을 찾아다니고 내가 출석하는 교회 안에서도 교사를 찾는다. 학기 시작 전 겨울방학과 여름방학에는 박물관, 대학교, 연구소, 기념관 등을 견학하고, 연말에는 서산시청 사회단체보조금 정산보고서와 다음해 사업계획서를 작성하고, 1학기 시작 전에는 아이들과 선생님 모집으로 시간을 다 보낸다. 이렇듯 아이들과 동고동락한 지가 언 10년이 다 되어간다. "10년이면 강산이 바뀐다"고 했는데 나도 나 자신을 볼 때 한편으로는 새로움에 대한 의욕도 넘쳐나 보이지만 지쳐 있는 모습도 발견하였다. 지난 10년 동안 연구소에서는 입사한 이래로 가장 바쁜 나날을 보냈다. 원래 근무하던 부서에서 본부장실로 부서 이동이 되었고, 시험을 수행하는 업무에서 시험을 종합하는 업무로 일이 바뀌면서, 하는 일이 더 포괄적이면서 대내외 창구역할을 하는 신경을 많이 쓰는 업무를 맡게 되었다.

배움터 운영 10년의 의미

배움터 운영을 10년간 해오면서 운영 노하우가 많이 쌓였지만 앞으로의 설계, 미래의 새로운 모습을 어떻게 할 것인가로 생각이 많았다. "우유 곽 대학을 빌려드립니다"라는 책에 보면 대한종묘조경대표인 장형태 씨가 쓴 10년만 추진해라는 글이 나온다. 장형태 씨는 화단의 꽃을 위해 평생을 바친 종자명장이다. 이 분은 자기가 좋아하면 추진력이 생기고 10년만 계획을 세워서 하면 안 되는 일이 없다는 지론을 갖고 있다. 무슨 일이든지 처음에 실천은 어렵지만 일단 실천을 하기만 하면 성공한다는 확신을 갖고 있다.

"공부하는 힘"이라는 책을 쓰신 황농문 서울대 교수도 세계적인 인물이 되기 위해서는 그 분야에서 10년 이상 노력을 하면 된다고 말하고 있다. 10년이란 세월은 결코 짧은 기간이 아니다. 해오름배움터를 시작한 10년 전을 회상해 보면 나는 단언컨대 후회 없는 시간을 보냈다. 연구소에서는 더욱 불타는 연구업무를 했고 이 기간에 박사학위 과정도 모두 마쳤다. 연구소에서 여러 일을 맡아서 진행할 때에도 처음과 끝이 어떻게 진행되는지 머릿속에 착착 정리가 되었었고 거침없이 일을 추진했었다. 배움터는 매학기 마다 개강식과 종강식을 한다. 아이들을 받아서 가르치고 내보내고를 수십 번 반복했다. 어떤 일이 중요하고 보람된 일이라는 판단이 들면 일관성을 유지하며 무섭게 그러나 조용하게 그 일을 추진해나간다. 약 50명의 교사와 350명의 아이들이 배움터를 거쳐 갔고 정말로 많은 사람들을 만날 수 있었다. 각양각색의 다양한 성품의 선생님들을 만났고 그 분들을 통해 나는 사람을 배웠다. 350명의 아이들을 통해 사춘기를 겪는 아이들이 원하는 것은 무엇이고 아이들에게 무엇이 가장 급한지, 아이들에게 무슨 말을 해야 할지 알게 되었다.

추운 겨울날 수업을 마친 아이들이 모두 떠난 후 교실에 홀로 남아 청소를 끝내고 가만히 의자에 앉아 무한한 고독과 적막감을 느끼며 보낸 적도 수없이 많았다. 누가 이거 하라고 시킨 적도 없고 이것 한다고 돈을 주는 것도 아니다. 오히려 배움터 운영비가 부족해 사비를 쓰면서 운영한 적도 많았다. 나의 마음속 깊은 곳에는 약한 자에 대한, 소외된 아이들에 대한 연민과 사랑이 숨어있다. 내 마음속에 그것이 언제 들어 왔는지는 나도 모른다. 나의 행동과 움직임은 그 연민과 사랑에 의해 조종되고 있다. 추운 겨울에도 뜨거운 여름에도 비가 주룩주룩 내리는 가을에도 나는 바쁘게 움직인다.

비가 주룩주룩 내리는 어느 날, 교실에 홀로 앉아서 하늘을 처다보면서 눈물을 하염없이 흘린 적이 있었다. 지나간 시간이 후회는 없지만 나 자신에게 화가 나기도 하고 불쌍해 보이기도 했다. 정말 바보 같다는 느낌도 받았다. "상화야 뭔가 네가 원하는 게 있을 것 같아", "그게 뭔지 나에게 말해 줄 수 있니" 내가 나 자신에게 계속 질문을 하고 있었다. 그 질문에 대한 답을 나는 2012년 겨울방학 때부터 희미하게 알기 시작했다.

배움터와 믿음

아이들의 교실은 교회 교육관이다. 교회를 다니든 안 다니든 아이들은 매주 2~3번은 교회십자가와 건물을 본다. 난 교회의 성도이지만 10년간 아이들에게 믿음을 권고하거나 강요한 적은 한 번도 없었다. 권고한다고 믿음이 생겨나는 것도 아니다. 믿음은 하나님의 강권적인 선물이기 때문이다. 그러나 강권적인 선물이 하늘에서 갑자기 뚝 떨어지는 것은 아니다. 주위 사람과 환경을 통해 믿음의 싹이 트기 때문에 사람과 환경이 중요하다. 아이들이 열심히 공부하는 것은 나중에 커서 후회 없는 삶을 살기 위하여 준비하는 것과 같다고 볼 수 있다. 일본 호스피스 전문의 오츠 슈이츠가 쓴 "죽을 때 후회하는 스물다섯 가지" 라는 책을 보면 임종을 앞둔 1000명의 사람들이 25가지 후회하는 것 중 마지막으로 후회하는 한 가지는 "신의 가르침을 알았더라면"이라고 한다. 이 책에서는 인간을 영적인 존재라고 말하면서 영혼의 고통을 시간존재, 관계존재, 자율존재 3가지로 구분하여 설명한다. 임종을 앞둔 사람은 자기 몸을 스스로 움직일 수 없어 자율존재에서 관계존재로 의존하게 되고, 최후에는 관계존재는 시간존재, 즉 죽음을 초월한 미래의 확신으로 이어진다고 한다. 영혼의 고통을 덜기 위하여 내세를 믿는 신앙이 필요한 것이다. 그런 의미에서 삶의 후회를 줄이기 위해서는 종교를 갖는 것이다. 그러나 기독교론 적으로 진정한 신앙은 단순히 나의 삶의 후회를 줄이기 위하여 갖는 것은 결코 아니다. 결론적으로 아이들이 공부하는 것도 후회 없는 삶을 살기 위함이라는 연장선상에서 볼 때 아이들이 신의 존재, 즉 하나님의 존재를 믿고 마음의 신앙으로 간직했으면 좋겠다. 말로 권유하거나 강요하지는 않지만 매일매일 하나님을 믿는 믿음이 아이들 가슴속에 싹트게 해달라고 기도한다. 아이들 모두가 후회 없는 삶을 살았으면 좋겠다.

포도원 주인과 같은 마음으로

성경 마태복음 20장을 보면 포도원 비유가 나온다. 포도원 주인이 이른 아침에 고용한 사람이나 오후 늦게 고용한 사람이나 동일하게 임금을 주는 장면이 나온다. 포도원 주인은 일꾼이 필요해서 고용한 것이 아니라 일이 없는 사람을 일감을 주기 위해 포도원을 운영하는 것처럼 보인다. 본인의 필요를 채우기보다 상대방의 필요와 처지를 배려하는 것을 볼 수 있다.

성경은 천국을 포도원 주인과 같다고 말하고 있다. 오후 늦게까지 인력시장에 나온 일꾼은 사정이 딱하거나 어려운 사람들임에 틀림없다. 미국의 사회적 기업인 루비콘 베이커리는 이익을 내려고 빵을 만드는 것이 아니라 더 많은 사람을 고용하기 위하여 빵을 만든다고 한다. 영업 이익을 내지 않는 학교는 포도원 주인과 같은 마음으로 운영해야 한다. 학생을 뽑아 학교를 운영하는 것이 아니라 올바른 학교운영을 위해 사교육과는 무관한 아이들, 성적 낙오 아이들과 저소득층 아이들을 즐거운 학습의 세계로 인도할 수 있어야 한다.

마찬가지로 배움터도 포도원 주인과 같은 마음으로 운영해야 한다고 생각한다. 사교육 혜택을 받지 못하는 아이들과 저소득층 아이들을 배움터가 흡수하여 희망을 주고 학습의 주변인이 되지 않도록 노력하고 있다. 포도원 주인은 오후 늦게 고용한 일꾼에게도 아침부터 일한 일꾼과 같은 동일한 임금을 준다면 경제적으로 손해를 볼 것임에 틀림없다. 그러나 본인의 작은 희생이 다른 많은 사람들에게 유익이 된다면 분명 보람된 일이다. 배움터 교사들은 무임금으로 아이들을 가르치고 있다. 가르치는 시간만큼 개인적으로 수업준비를 위해 많은 시간을 할애한다. 개인적으로 이익을 주는 일에 전념하면 인정도 받고 돈도 벌 수 있지만 배움터 선생님들은 무보수 교사를 자원하셨다. 난 무려 10년 동안 무임금은 물론이거니와 많은 행정과 관리에 정열과 시간을 바쳤다. 간혹 아내에게 좋은 소리도 못 들으면서 말이다. 그러나 10년간 350명의 아이들을 졸업시켰고 그들에게 삶의 희망을 주었다고 확신한다.

아이들과 즐거운 시간도 많았지만 가슴을 서늘하게 하는 사건도 자주 있었다. 희생이 따르지 않는 보람이 있을까? 포도원 주인도 일꾼을 찾기 위해 하루에 다섯 번이나 인력시장에 나갔듯이 배움터 교사들의 작은 노력과 희생이 많은 아이들에게 소중한 경험과 삶의 희망을 주고 있는 것이다. 배움터 교사들이 감당하는 희생을 더 많은 사람들이 분담함으로써 배움터를 더 체계적으로 운영할 수 있고 크게는 공교육을 지원하고 사교육을 줄이는 데 기여를 할 것이다.

창의성은 정의와 같이 가야 한다

어느 컴퓨터 게임개발업체 사장이 차세대 아시아 리더에 뽑혀 미래 한국을 이끄는 젊은 경영인이라며 신문에 대서특필된 적이 있었다. 이 회사는 청소년이면 다 아는 유명한 게임을 개발한 회사이다. 이 회사의 근무 분위기는 자율적이며 업무 스타일은 실속주의다. 게임개발로 많은 돈도 벌었다. 그러나 많은 청소년들은 이 업체가 만든 폭력적인 게임에 중독되어 있다. 나도 중3 아들을 둔 아버지이며 매일매일 게임을 하려는 아들과 공부를 시키는 엄마 사이에서 팽팽한 긴장감과 실랑이가 벌어진다. "공부추진력"이란 책을 쓴 박철범 씨의 말을 빌리자면 게임하는 만큼 성적도 비례해서 떨어진다고 한다. 또한 성격이 난폭해지고 참을성이 없어지는 것은 많은 문헌과 임상실험을 통해 증명되었다. 분명 성적이 인생의 전부는 아니지만 성적이 인생에 지대한 영향을 미친다. 마시멜로 이야기처럼 우리 앞에는 달콤한 마시멜로가 많다. 컴퓨터게임도 그 중의 하나로 볼 수 있다. 게임을 할 것인가 말 것인가는 아이들 의지의 몫이다. 그러기에 게임을 만든 업체가 전적으로 나쁘다고는 말할 수 없다. 오히려 공부 스트레스에 노출되어 있는 아이들을 게임으로나마 잠시 휴식을 줄 수 있다고 항변할 지도 모른다.

요즈음 TV드라마를 보면 모든 소재가 이혼, 폭력, 시기, 질투, 불륜, 고부갈등 등이다. 평범한 소재로 드라마를 방영하였을 때 시청률이 떨어지기 때문에 강한 소재를 사용하고 있다. 노래프로도 마찬가지이다. 노래 실력이 이미 검증된 가수들끼리 나와서 노래 대결을 한다. 승자와 패자가 생긴다. 평범하고 긴장감을 주지 않는 것은 발을 디딜 틈조차 없다. 튀어야산다. 그러다보니 컴퓨터게임도 갈수록 잔인해지고 중독성이 강해지고 있다. 다분히 이러한 것들은 상업성과 관련이 있다. 돈이 된다면 뭐든지 하는 것이다. 여기서 우리는 잠깐 생각해야 할 것이 있다. 돈은 되지만 아이들의 삶이 엉망진창이 된다면 그 게임 사업은 좋은 사업인가? 돈은 되지만 온 나라의 국민의 마음을 두려움과 불편함으로 만드는 TV드라마가 온전한 드라마라고 할 수 있는가? 돈은 벌지만 자녀들이 있는 평범한 주부와 남편들을 불륜의 막장으로 내모는 일부 노래방과 나이트클럽, 러브모텔이 온전한 사업이라 할 수 있는가? 돈은 벌지만 저소득층에 희망을 준다며 사탕발림으로 하는 복권사업을 정의로운 사업이라 할 수 있는가? 통계에 의하면 복권

1등에 당첨된 사람들 대다수가 불행해진다고 한다. 갑자기 큰 돈이 생겼으므로 어떻게 처리해야 할지 준비가 안 된 것이다. 복권을 통해 행복을 주기는커녕 불행을 주는 복권사업을 왜 하는 걸까? 로또복권을 사는 대다수 사람들의 직업과 소득수준을 본 적이 있는가? 분명 순기능도 있음을 나도 부정하지는 않는다. 그러나 순기능과 역기능을 말할 때는 일부분의 유익보다 대다수의 무익을 따져 봐야 한다.

　그런데 게임은 누가 시켜서 하는 것은 아니다. 재미있으니까 아이들 스스로 하는 것이다. 막장드라마도 누가 시켜서 만드는 것이 아니다. 주부들이 즐겨 보니까 인기가 있는 것이고 그런 드라마를 계속 만들어내는 것이다. 노래방도, 나이트클럽도, 러브모텔도 누가 가라해서 가는 곳이 아니라 자기들이 원해서 가는 곳이다. 복권도 마찬가지이다. 모두 스스로 선택한 것이다. 우리가 스스로 선택한 것이므로 그러한 것들이 문제가 없는 것인가? 달콤한 것은 누구나 좋아 하지만 계속 먹게 되면 충치가 생기고 살도 찌고 여러 가지 합병증을 유발하게 된다. 간혹 달콤한 것이 우리의 삶에 여유와 즐거움을 줄 수는 있지만 중독이 되면 족쇄가 되고 패망의 길로 빠져드는 것이다. 좋은 선택이 많아야 한다. 올바른 인간은 선한 선택을, 정의로운 선택을 할 수 있도록 돕는 사람이다. 올바르지 않는 인간은 우리 눈앞에 마시멜로를 갖다 놓는다. 알록달록한 빛깔의 마시멜로를, 때로는 빛이 나오는 신기한 마시멜로를 갖다 놓고서는 뭔가를 창의적으로 만들었다고 떠드는 것이다. 정말 한심하다. 그런 사람을 한국의 미래를 이끄는 경제인으로 뽑은 인간들이 밉다. 도대체 뭐가 창의성이고 뭐가 경제를 활성화한다는 말인가? 지금 이 시간에도 게임 때문에 자살하는 청소년이 있고, 폭력을 휘둘러 영원한 형벌의 세계로 들어가는 아이들도 많다. 사업을 통해 많은 이익창출도 중요하지만 더 우선하여 고려할 것은 사업을 통한 상품이 사회에 어떤 영향을 끼치는지를 심각히 생각해보아야 한다. 돈벌기에 급급해 버리면 건강한 사회를 기대할 수 없다. 이 세상에는 다시 회수할 수 없는 불건전한 사업과 사회악이 얼마나 많은가? 근래 우리나라는 소 잃고 외양간 고치는 일을 얼마나 많이 했던가? 창의성은 정의와 같이 가야 한다.

의도적 통섭형 인재를 바라지 않는다

근래 회자되는 용어 중에 통섭이라는 말이 유명한 것 같다. 어느 유명한 학자가 인문학과 자연과학의 융합, 학문 간의 소통, 과학의 대중화를 얘기하면서 통섭적인 삶이 중요하다고 주장하는 것을 보았다. 통섭적인 삶을 위해 통섭형 인재육성을 해야 한다고 주장한다. 통섭형 인간은 어떤 문제에 부딪혔을 때 다양한 시각에서 바라볼 수 있는 능력이 있는 인간을 말한다. 나는 93년도에 국방과학연구소에 공채로 입소했다. 대학교에서는 화학공학을 전공하였는데 전달현상(열이나 물질이 이동하는 현상을 수학적으로 해석 및 분석하는 학문)이라는 과목을 매우 좋아했었다. 졸업을 하는 대학 4학년 때는 전국대학생전달현상대회도 과대표로 참가한 경험이 있다. 연구소에 입소해서는 전달현상이라는 학문과는 관계가 조금 있는 곳에서 10년을 보냈다. 나의 전공과 상당부분 관계가 있는 일을 할 때에도 전기, 전자, 기계, 재료, 기상, 네트워크 등과 같은 학문도 같이 접하게 되었다. 어느 하나를 수행하기 위해서는 다른 여러 타 학문을 알아야만 가능했다.

인문학을 전공한 사람들도 마찬가지이다. 기본적으로 컴퓨터를 다룰 줄 모르면 일반 회사에서 일을 할 수 없게 된다. 전산과목은 이과계열 전공자들에게 해당되는 부분이지만 문과계열 전공자들도 어떠한 일을 완수하기 위해서는 당연히 알아야 할 학문으로 여겨지고 있다. 어디 이뿐인가? 연구소, 학교, 일반회사 등 모든 직장에서 근무하는 사람들은 자기 전공이외의 학문과 기술을 자연스럽게 접하게 되고 이것은 피할 수 없는 현실이다. 나는 공과대학을 나왔지만 2013년 한 해 동안 수없이 보고 자료를 만들고 기안을 하고 논문을 쓰고 간혹 이렇게 일반 글을 쓰기도 했다. 굳이 통섭형 인간이 필요하다고 역설하지 않더라도 우리는 직장문화에 의해 통섭형 인간으로 만들어지고 있다. 내가 하고 있는 일, 내가 속한 부서가 하는 일, 연구소가 지향하는 일, 국가가 목표로 하는 일, 신문과 방송에서 중요하다고 보내는 여러 가지 정보 등, 주위의 일을 살펴보지 않고 일을 하는 것은 잘못된 결과로 갈 수 있는 위험을 안고 있기 때문에 우리는 자연스럽게 통섭형 인간으로 가게 되어 있다. 미래에는 어느 한 곳만 비추는 레이저 빔형이 아닌 지적세계가 360도 자유자재로 돌아가는 전구형 인재가 필요하다고 말하지만, 난 이 말이 틀렸다고 생각하지는 않지만 동의하지는 않는다. 우리나라에는 많은 과학자들이 있지만 아직 노벨상을 받은 과학자는 없고 우리나라에는 종교적으로 위대한 신앙인은 있지만 세계적으로 유명한 신학자는 없다고 한다. 한 우물을 파는 학문적 깊이가 아직도 우리에게는 갈급하다. 통섭형 인간이란 학문을 넓고 깊게 하는 인간을 말하지만 자칫 이러한 인재는 아무것도 제대로 할 수 없는 욕심 많은 스트레스 형 인간이 될 수 있는 요지가 크다. 우리가 자가용을 운전하지만 자가용을 수리할 필요는 없듯이 각각의 전공자들을 활용하고 거시적으로 사실을 분석하는 사람은 사회적으로 그렇게 많이 필요한 것은 아니다.

통섭형 인간은 조직적인 차원에서 본다면 많은 사람들을 관리하는 고위직 사람으로 볼 수 있기 때문에 통섭형 인재양성프로그램을 통해 통섭형 인간을 배출하는 것은 사회적으로 보면 불공평한 특혜로 이어질 수 있다. 직업문화에서 또는 조직문화에서 살아남은 모든 직장인들은 작든, 크든 통섭형 인간으로 볼 수 있는데 누구는 인재양성교육을 받고 누구는 안 받고는 불편한 직장문화를 양산할 뿐이다. 교육이라는 매개체를 통해 통섭형 인간을 의도적으로 양성하는 것보다 직장 속에서 필요에 의해 자연스럽게 만들어지는 것이 더 중요하다고 볼 수 있다. 진정한 통섭형 인간은 자연법칙과 관계가 있다고 말하고 있지 않은가? 그렇다면 자연스럽게 직장 속에서 자생적으로 통섭형 인간이 만들어지도록 놔두는 것이 바람직하지 않은가?

나에게는 중3 아들과 초등학교 6학년 딸이 있다. 어린 시절 아들과 딸은 악기 하나를 다룰 줄 알아야 한다고 엄마의 등살에 떠밀려 이것저것 악기를 배우기 시작했다. 딸은 아직도 피아노를 치고 있지만 아들은 중학교 입학하면서 악기를 놓은 지 오래다.

다양한 커리큘럼을 통해 다양한 학습을 추구하는 민족사관학교나 꿈의 학교 등은 한 학기 등록금이 일반 직장인 부모님들이 부담하기에는 어려운 것이 사실이다. 민족사관학교는 학생선발 때부터 공부 잘하는 아이들을 뽑고, 꿈의 학교는 비인가 학교여서 검정고시를 보고 대학을 간다. 통섭형 인간을 위한 다양한 학문과 경험의 기회는 많은 돈을 필요로 하고 비인가라는 불편한 교육현실을 안고 가야 한다. 우리나라는 입시정책의 혁명적인 변화가 없고서는 청소년들을 위한 통섭형 인재교육은 현실적으로 어렵다. 이과 문과를 이분법적으로 나누었다는 것을 문제 삼을 것이 아니라 내가 문과 형 인간인지 이과 형 인간인지 여러 체험을 통해 경험하고 느끼게 하는 것이 중요하다고 본다.

그런데 이런 것을 느끼기에 중학교 3년과 고등학교 3년은 너무 짧다. 아이들의 사춘기가 요즈음은 일찍 온다고 하나 아직까지도 사춘기는 중학시절에서 고등학교시절까지 골고루 분포되어 있다. 사춘기는 감정의 기복이 크고 완전하게 자기의 미래를 그리기에 역부족이다. 난 고등학교가 4년제였으면 좋겠다고 생각한다. 3년도 긴데 무슨 4년이냐고 말하는 사람들이 분명 있을 것이다. 4년 중 1년은 내신 성적에 포함되지 않는 오로지 인생설계를 위한 커리큘럼이나 체험학습만 하도록 하는 것이다. 아이들은 내신 때문에 인생설계를 생각할 겨를이 없다. 그런 1년이 생기면 해오름배움터 같은 공교육 지원 야간학교가 활성화되어 아이들을 맡아서 교육을 하는 것도 하나의 방안이다. 공부에 대한 재미를 붙이고 올바른 인성교육과 다양한 체험학습을 통해 소위 된 아이들을 다시 공교육 현장으로 보내면 학교나 학부모, 학생 모두가 Win-Win하는 것이다. 대학생들이 1년 휴학을 어학연수나 기타 인생설계로 사용하듯이 고등학생들에게는 그런 시간이 더 필요하다고 본다. 물론 적절한 관리가 이루어지지 않으면 오히려 1년이 낭비가 될수 있다. 따라서 학부모, 학생, 교사, 교육전문가들이 머리를 맞대고 좋은 방안을 강구한다면 좋은 제도가 될수있다고 확신한다.

우리나라 교육현실에서 아이들이 대학을 들어가면서 장차 무엇이 될 것인가는 50%이상, 아니 70~80% 결정되어 버린다. 의대를 가면 의사가 되고 교육대학을 들어가면 초등학교 선생님이 되는 것이다. 물론 공대라든지 인문대학과 같은 예외도 있지만 그런 학과들도 나중에 무엇이 될 것인가는 선택의 문이 많이 좁혀져 있는 상태이다. 그러기에 고등학교에서 인생설계는 무엇보다 중요하다. 평생을 위해 21살에 대학에 입학하는 것이 아이들을 더 위하는 길이 아닐까?

제4부

서산해오름배움터의 미래

드디어 2013년 1학기를 맞이하다

2013년 1학기가 시작되었다. 서일중학생들이 중3 반에 7명이나 입학을 하였다. 서일중 가영희 선생님의 인도로 배움터에 입학을 하게 되었다. 학교 선생님이 직접 배움터를 방문하셔서 아이들을 인도한 것은 아주 이례적이다. 그만큼 아이들에 대한 관심과 사랑이 많다는 것을 말해 주는 것이라 생각한다. 서일중은 서산시 북쪽에 위치한 대산이라는 농촌지역에 있는 학교이다. 농어촌지역 학생들답게 순수하고 명랑하였다. 학급수가 많지 않아서인지 반에서 1등하는 아이들부터 중간 정도 하는 아이들까지 골고루 입학을 하였다. 나는 이 아이들과 수업을 할 때 일일이 아이들 한 명 한 명 눈을 마주친다. 질문에 대답을 잘하면 마음속 깊이 진정으로 칭찬한다. 그리고 한 명 한 명 믿음의 눈으로 바라보았다. 수업에 집중시키려고 의도적인 통제를 위하여 아이들을 칭찬하려 하지 않았다. 진심으로 칭찬하고 격려했다. 아이들의 학습태도는 나날이 좋아졌다. 2학기 때에는 서일중 3학년 아이들 11명이 입학하였다.

　기존에 다니던 아이에다 4명이 더 온 것이다. 주로 2학기에는 수업을 하면서 진로지도를 많이 한다. 수학을 잘 한다고 무조건 이과로 가고 국어와 암기과목을 잘한다고 문과를 가면 안 된다고 아이들에게 가르친다. 자기가 좋아하는 과목도 중요하지만 아이들이 갖고 있는 성품도 매우 중요하다고 조언한다. 친구를 좋아하는 아이들은 분위기가 어수선한 학교보다 조용하고 공부하기에 좋은 학교를 선택하는 것이 현명하다. 친구를 좋아하는 아이들은 분위기마저 어수선한 고등학교에 입학하면 집중력이 더 떨어질 수 있기 때문이다. 자존감이 낮은 친구들은 내신이 상대적으로 유리한 일반고에 입학하는 것이 좋다. 성적이 좋지 않으면 쉽게 포기할 수 있기 때문이다. 경쟁심이 있고 소속감이 있는 아이들은 특목고 등 경쟁이 심한 곳에서 공부하는 것도 좋은 선택이다. 물론 공부도 잘 해야 한다. 고등학교 선택은 이렇듯 자기 적성, 성격, 장래희망, 학업성적, 좋아하는 과목 등 여러 가지를 고려하여 이루어져야 한다. 교과평가뿐만 아니라 비교과 평가가 나날이 중요하게 여겨지고 있기 때문에 중3때 장래 진로를 결정하는 것이 바람직하다. 단, 중3은 아직 본인이 무엇을 해야 하는지 판단하기에 너무 어리므로 주위 부모님이나 선배, 선생님들의 조언과 충고가 필수이다.

서일중 3학년 입학지도와 영어수업을 하다 보니 2학기도 중반을 지나 늦가을에 접어들었다. 2012년 겨울방학 때 내가 진정으로 원하는 것이 무엇인지 희미하게 알기 시작했고, 2013년 2학기가 되면서 희미했던 나의 꿈이 하나하나 구체화되기 시작했다.

수학 0점 받은 민정이와 해오름배움터

중3 아이 중에 민정(가명)이란 아이가 있었다. 간혹 어머니께서 민정이를 위해 해오름배움터까지 차로 태워 줄 때도 있다. 민정이는 얼굴이 매우 밝다. 해맑은 미소로 수업시간에 선생인 나를 뚫어지게 쳐다보는 태도가 천사 같다. 겉보기에는 집중력도 높고 얼굴은 밝은데 얼마 전 중간고사에서 수학을 0점 받았다고 한다. 같은 학교 아이들 얘기로는 백지로 낸 것은 아니고 쓴 답이 절묘하게 정답을 피해 갔다는 것이다. 0점 받은 민정이도 속상하겠지만 그 어머니는 얼마나 마음이 착잡하고 답답할까? 다른 아이들처럼 성적이 최소한 중간은 되어야 하는데 착하기 그지없는 아이가 수학을 0점 받으니 아이를 학교에 보내고 싶은 마음이 날까?

 민정이는 1학기 중간까지 나오다가 급기야는 해오름에 나오지 않았다. 해오름배움터에서 배우는 보충학습이 민정이에게 더 이상 도움이 안 된다고 판단한 것 같았다. 수학은 내가 가르치는 과목은 아니다. 그렇지만 난 배움터의 대표교사이다. 민정이가 성적이 오르지 않는 것에 내 마음도 답답하긴 마찬가지이다. 수학 0점은 매우 특이한 점수다. 수학이 논리를 다루는 학문이지만 반복에 의해서도 일정 점수를 받을 수 있기 때문에 민정이는 논리적 사고나 반복 모두를 하지 않는다고 볼 수 있다. 논리적 사고도 안 되고 반복학습에 즐거움도 없는데 민정이는 왜 그리 얼굴이 밝은 걸까? 아니 어떻게 저렇게 밝을 수 있는 것인가? 궁금해지기 시작했다. 간혹 학교선생님께서 교탁으로 나와서 문제를 칠판에 풀라고 할 텐데 그 스트레스를 어떻게 감당하는 걸까? 오히려 배움터에서는 자주 나와서 문제를 풀라고 하지도 않고 성적표도 없다. 오히려 민정이는 학교를 그만두고 배움터에 나와야 하지 않을까? 난 민정이의 수학성적이 0점이라는 사실보다 해오름배움터가 왜 중요한지를 민정이를 통해 다시금 깨닫게 되었다. 무한경쟁 중심의 공교육 속에 무방비로 노출되어 있는 민정이와 같은 아이들이 얼마나 많을까? 매일 매일 공부하고는 관계가 없다고 생각하는 본인이 의무교육이라고 학교에 매일 가야 한다면 그보다 더 큰 고역이 있을까? 수학 0점 받은 아이가 다른 과목은 오죽하랴? 폭탄 맞은 자기 성적표를 보고 있는 이 땅의 많은 아이들, 이 아이들을 그냥 공교육으로 만으로 방치하는 것이 옳은 일인가? 그래서 사교육의 또 다른 훈련소로 가본들 무슨 획기적인 수가 날까? 수학 0점은 주위 아이들로 하여금 패배의식에 젖도록 만들 수 있다. 소위 빵점은 내가 다닐 때 만해도 거의 바보취급을 받았으니 요즈음은 더욱더 심하지 않을까? 배움터는 저소득층 아이들을 가르친다는 분명한 목적도 있지만 민정이처럼 공교육에서 적응이 안 되고 주눅 들어 있는 아이들을 가르친다는 목적도 있다. 민정이는 학습서열을 매기는 공교육보다 해오름배움터 같은 공교육지원 야간학교가 더 맞을 수 있다. 배움터에서는 아이들에게 공부에 자신감을 수시로 주고 체험학습을 통해 장차 커서 무엇이 될 것인가를 가르친다. 목표가 뚜렷해지면 겉보기 집중력은 성적을 올리는 집중력으로 바뀔 것이다. 솔직히 말해 꾸역꾸역 다니는 아이들을 배움터에서 흡수하여 가르치는 것이 아이들을 위하는 길이 아닐까? 해오름은 공교육지원 야간학교이다. 공교육은 국가교육정책의 울타리 안에서 이루어진다는 점에서 의미가 있기 때문에 민정이 같은 아이들이 기존 학교를 다니면서 배움터에서 계속 배워야 하지 않을까 생각해본다. 해오름배움터는 궁극적으로는 학교성적 몇 점 더 올리려고 가르치는 곳이 아니기 때문에 앞으로 입학하는 아이들도 학교성적이 좀 떨어졌다고 배움터를 그만두는 그런 일이 없었으면 좋겠다.

2013년 2학기는 서일중학교 학생들의 잔치

　　2013년도 2학기에는 대산지역에 위치한 서일중학교 학생들만을 가르쳤다. 서일중학교는 농촌지역에 위치한 학교인지라 학생 대다수가 순수하고 착했다. 항상 씩씩했던 은주, 내 말을 열심히 경청했던 혜림이, 키가 매우 컸던 한별이, 예쁘지만 간혹 엉뚱한 행동을 자주 했던 수진이, 귀염둥이 송이, 작지만 반에서 항상 1등을 하였던 민지, 모두가 예쁘고 착했다. 이 아이들과 같이한 2학기는 금방 지나가 버렸다. 그만큼 재미있고 즐거웠다. 어느 날 아이들 한 명 한 명에게 자신의 꿈이 무언지를 물어 보았다. 간호사, 선생님, 미용사, 요리사, 회사원 등등 모두가 평범한 꿈을 가지고 있었다. 선생님을 제외하곤 대학을 가지 않고도 꿈이 거의 실현될 수 있는 진로였다. 그런 아이들이 왜 꼭 대학을 가려 하는가? 궁금해지기 시작했다. 그래서 아이들에게 물어보았다. 그런데 생각했던 대답과 다른 반응이 나왔다.

"모두가 가는데 나만 안 가면 이상하잖아요."
"대학은 나와야 다른 사람들이 인정해 줄 것 같아서요."
"부모님께서 꼭 대학을 가야 한다고 말씀하셨어요."

　　대답을 들어보면 공통점이 있는데, 본인의 주관에 의해 대학을 갈지 안 갈지를 결정하였다기 보다는 타인에 의해 대학

입학을 결정하였다는 것이다. 나는 이러한 모습을 아이들 탓으로 돌리고 싶지 않다. 아이들 눈높이에서는 그들이 하는 말이 타당하다. 거창한 꿈을 나열하며 대학을 가야 하는 당연성을 논리정연하게 말하는 것만이 그 꿈이 실현가능성이 높고 그 꿈이 값진 것인가? 어른들의 요구에 의해 학습되고 정형화되어버린 머리 큰 아이들이 정말로 바르게 자라고 있는 아이들인가? 대학을 가려는 동기가 타인들의 시선과 강요에 의해 결정되었다 하더라도 그 아이들 입장에서 생각해보면 맞는 말이다. 성적은 되지 않지만 대학은 나오고 싶다는 아이들의 희망사항일 수도 있다. 왜 대학을 다른 사람들의 시선과 인정 때문에 가려 하느냐 질문할 필요도 없다. 심각하게 생각할 필요도 없다. 어차피 대학은 인생과정의 하나의 관문일 뿐이다. 그러나 다른 문에 비하면 큰 문이라는 사실이 마음을 답답하게 만들지만 난 아이들의 꾸미지 않은 솔직한 모습이 좋다. 있는 그대로의 모습을 보여준 서일중학교 11명의 중학생들이 보고 싶다.

 얼마 전 혜림에게서 문자가 왔다. "선생님 보고 싶어요". 나도 보고 싶다고 답장을 하였다. 누군가가 나를 진정으로 보고 싶다고 말할 때 나는 한없는 보람과 기쁨을 누린다. 서일중 3학년 11명의 학생들이 후에 성장하여 본인들의 꿈을 꼭 이루기를 간절히 소망한다.

6C 원리

난 10년 동안 공부 잘하고 모든 이에게 관심과 사랑을 받는 아이들의 태도를 유심히 살펴보았다. 신기하게도 그 아이들로부터 6C원리라는 공통점을 발견할 수 있었다.

첫째, 배움터의 규칙을 잘 준수(Compliance)하는 것을 볼 수 있었다. 규칙이라 함은 지각, 조퇴 및 결석하지 않기, 수업 중에는 핸드폰을 사용하지 않기, 신발은 신발장에 보관할 것, 수업 중에는 떠들지 않기, 차량운행 선생님에게 승차 때나 하차 때나 모두 "감사합니다, 고맙습니다." 인사하기, 교실과 화장실은 깨끗이 이용하기 등이다. 자기가 속한 모임이나 단체의 규칙을 잘 지킨다는 것은 모임을 이끄는 분들의 사랑과 관심의 대상이 될 수 있다. 그러한 사랑과 관심은 본인의 공부를 더욱 열심히 하게 되는 외부 동기가 될 수 있다. 칭찬과 사랑을 받는 모임에 빨리 가고 싶은 마음이 드는 것은 당연할 것이고, 선생님들의 칭찬을 받으니 공부도 더욱 열심히 하게 되는 것은 더 당연한 사실이다.

둘째, 스트레스를 유발하는 정말로 쓸데없는 대화나 지혜 없는 말을 가능한 하지 않는다는 것이다. 좋은 대화(Conversation) 능력을 갖고 있는 것이다. 고등학교 수석 입학을 한 송경준이와 이준을 보면 특별히 수업시간이나 쉬는 시간에 질문 이외에는 신경에 거슬리는 대화를 거의 하지 않는 것을 볼 수 있었다. 지혜 없는 아이일수록, 공부에 흥미가 없는 아이일수록 상대의 약점이나 공격당할 수 있는 말을 자주 하는 것을 볼 수 있다. 그러나 분명 소통이 되는 대화를 자주 많이 할수록 좋은 것은 사실이다. 공부에 대한 긴장감을 일시적으로 풀어주어 정신적인 안정감을 줄 수 있기 때문이다. 문제가 되는 것은 공격적인 말과 태도에 있다. "너 머리가 왜 그러냐?", "어제 뭘 먹고 자서 얼굴이 그렇게 부었냐?" 이러한 영혼 없는 질문과 관심은 상대방으로 하여금 기분을 상하게 한다. 물론 질문하는 아이는 걱정이 되어서 그렇게 말했다고 할 수 있으나 질문을 받는 아이 입장에서는 생각과 입장의 차이가 난다. 아마도 기분이 상한 아이들은 나중에 분명 똑같이 갚아 줄 거야 하며 속으로 벼르고 있을 것이다. 그리고 그때가 되면 어김없이 공격적인 말로 쏘아 붙일 것이다. 스트레스를 받으면 공부는 집중해서 할 수 없다.

셋째, 여유 있는 미소(Chuckle)를 갖고 있다는 것이다. 공부가 정말로 즐거운 일이 되려면 비전과 목표가 뚜렷하고 그 목표를 향해서 지금 내가 무엇을 해야 하는지 정확히 알 때 가능하다. 대체적으로 공부를 잘하는 아이들은 나중에 커서 무엇이 되고 싶은지?, 전공은 무엇을 하고 싶은지? 등이 확실하다. 자기의 갈 길이 확실히 보인다면 얼굴에 미소가 있을 수밖에 없다. 미소는 상대편으로 하여금 친근감을 주며, 본인에게도 긍정적인 생각을 갖도록 한다. 우리 주위에 소위 어느 분야에 전문가라고 하는 사람을 보면 뭔가 여유 있는 미소를 갖고 있지 않은가! 뭔가 남들에게 없는 자기만의 귀한 보물을 갖고 있을 거라는 믿음이 생기지 않는가!

넷째, 수업에 집중(Concentration)을 잘 한다는 사실이다. 선생님이 가르치는 부분을 정확히 보고 궁금한 사항은 예리하게 질문을 한다. 모르고 넘어가면 그만큼 손해라는 것을 알기 때문에 알 때까지 선생님에게 매달린다. 집중은 선천적으로 주어지는 것이 아니라 오랜 기간 연습을 통해 얻어지는 경우가 더 많다. 공부 10시간 하고 PC게임 2시간 하는 아이보다 공부만 8시간 하는 아이가 학습능률이 더 높다고 한다. 언뜻 이해가 안갈 수도 있으나 PC게임 2시간이 다음 공부에 집중력을 떨어뜨리는 요인으로 계속 작용하기 때문이다. 집중력을 기르기 위해서는 내 눈앞에 보이는 집중력에 반하는 물건이나 일은 자제하는 것이 좋다. 교육전문가들은 축구, 배구, 농구 등 협동심을 기르는 운동은 집중력을 높여준다고 말한다.

다섯째, 공부에 방해되는 것을 하지 않는 자제력(Control)이 뛰어나다. 공부 잘 하는 아이들은 핸드폰을 공부하는 책상 위에 두지 않는다. 수업시작 전에 꺼두는 학생도 있다. 보통 아이들은 수업 전이나 쉬는 시간에 컵라면이든지 과자를 사먹기도 하지만, 공부 잘하는 아이들은 수업 전이나 수업 중에 그러한 행동을 하지 않는다. 먹는 것도 스트레스를 없애 주는 방법 중에 하나이지만 배움터나 학교에서 하는 군것질은 혼자서 할 수 없는 경우가 많다. 혼자 사먹다가 친구들에게 들키면 의리 없다느니 여러 가지 안 좋은 얘기를 들을 수 있기 때문에 주로 군것질 하는 아이들은 여러 명이 무리를 지어 다닌다. 무리지어 다니면 공부에 대한 집중력이 떨어지고 어수선한 분위기가 그대로 수업시간으로 이어지기 때문에 공부에 지장을 준다.

  자제력이 좋은 학생이 공부를 잘 한다는 것은 여러 실험과 자료를 통해 입증이 되었기 때문에 자제력을 키우는 좋은 방법이 없을까? 오랜 기간 고민을 많이 했었다. 자제력은 흥미나 재미, 몰입하고 관계가 있고 이러한 것들은 성취의욕, 목표의식과 밀접한 관계를 갖고 있다. 몰입은 건전한 몰입과 비효율적인 몰입으로 구분되어질 수 있다. PC게임을 하는 아이들을 보면 밤을 새면서 하는 것을 볼 수 있는데 이것은 오직 재미에만 집착하는 비효율적인 몰입이다. 나중에 커서 초등학교 선생님이 되겠다는 목표를 갖은 이후에 초등학교 학생들의 행동들을 유심히 살핀다든지, 초등학교 선생님들은 아이들을 어떻게 가르치는가를 여러 경로를 통해 습득한다든지, 교육대학에 들어가기 위해서는 어떻게 공부해야 하는지, 교구를 갖고 공부하는 방법은 어떤 것들이 있는지를 사전에 공부하고 집중하는 것은 건전한 몰입에 해당한다. 목표가 있으면 집중하게 되고 흥미까지 갖게 되는 것이다.

  재미있는 제안인데 건전한 몰입에 좋은 방법으로는 독서가 아주 유익하다. 다독하는 아이들치고 자제력이 낮은 아이들을 보지 못했다. 다독습관은 어릴 때 이루어져야 하는데 조심해야 할 것은 책을 구입할 때 전질로 사서 아이들에게 읽으라고 하면 질려 버리기 때문에 읽고 싶은 책을 낱권으로 직접 사서 읽으라고 하는 것이 좋다. 어떤 어머니들은 책을 전질로 사서 한쪽 벽을 도배하는 경우를 많이 보았다. 아이들에게 전혀 유익이 되지 않는다. 자제력은 후천적으로 유전되는 경우도 많이 보았다. 부모가 자제력이 부족하면 아이들도 마찬가지이다. 부모의 노력이 필요한 것이다.

마지막으로 관심(Concern)이다. 수업 중에 어떤 일이 일어나고 있고 선생님은 무엇에 관심이 있는지 잘 알고 있다. 관심은 배려로 이어지기 때문에 남을 돕기 위해서는 일단 관심이 있어야 한다. 다른 이들로부터 사랑과 관심을 받는 아이들은 본인도 다른 친구와 다른 일에 더 큰 관심을 갖고 있다. 관심이 관심을 낳는 것이다. 공부만 잘하고 다른 이들로부터 사랑과 관심을 못 받는 친구들은 자기도 남에게 관심이 없다. 이런 경우를 개인주의라고 한다.

대학 다닐 때 사회교양과목 교수님께서 이기주의보다 더 나쁜 것이 개인주의라고 말씀하신 것이 기억난다. 이기주의가 더 나쁘다고 생각할 수 있지만 나이가 들고 생각이 깊어지면서 그 교수님의 말씀이 옳다는 확신이 든다. 관심이 모두 좋은 것은 아니다. 관심에도 긍정적인 관심과 부정적인 관심이 있다. 긍정적인 관심은 사람들을 화합시키고 서로 사랑하게 만들며 협동하도록 도와준다. 그러나 부정적인 관심은 놀부나 흥부가 어떻게 부자가 되었는지 관심을 갖게 되는데 이런 관심은 자기의 욕심을 채우기 위한 본능적인 관심이며, 시기나 질투로 이어진다. 화합보다는 분열로 사랑보다는 미움으로 치닫는다. 내가 연구소에 입사했을 때 나랑 같이 입사한 연구원이 있었다. 그 입사 동기는 소위 말하는 명문대를 나왔고, 하나한글이라는 소프트웨어를 개발한 수재였다. 이 사람은 연구소 입사하자마자 자기가 원하는 부서로 옮겨달라고 계속 연구소에 요청했고, 연구소에서는 원하는 부서로 옮겨주었는데 나중에는 병역특례기간이 끝나자마자 퇴사하였다. 지금은 무엇을 하고 있는지 정확히는 모른다. 그러나 그 당시 이 사람이 연구소에 들어오지 않았다면 분명 연구소에 오고 싶어 하는 누군가가 입사시험에 떨어졌음에 틀림없다. 그리고 입사 당시 부서배치를 받고 지금도 묵묵히 그 부서에서 일하고 있는 많은 다른 연구원들의 사기를 떨어뜨릴 수도 있다. 공부도 중요하지만 주위에 관심을 두어야 한다. 긍정적인 관심을 두어야 한다. 저 부서로 가면 더 낫겠지 하는 관심보다 내가 이렇게 하면 내가 몸담고 있는 부서원들이 좋아할 일에 관심을 두자.

합덕제철고를 수석 입학한 이준이는 특별히 같이 공부하러 왔던 친구가 공부에 집중하지 못하면 집중할 수 있도록 도와주고 권면해주는 모습을 자주 보았다. 이준처럼 공부도 잘하고 성품이 된 아이들이 우리나라를 앞으로 책임져야 한다. 해오름배움터가 그런 인재를 양성하는 곳이 되리라 확신한다.

학원교사하며 번 돈으로 자기 자식 학원 보낸다

　　나는 주위에 학원교사하며 번 돈으로 자기 자식을 학원에 보내는 부모를 어렵지 않게 발견한다. 왜 학원에서 아이들 가르치냐고 물어보면, 돈 벌어서 아이들 학원비 내려고 한단다. 이렇듯 사교육은 거시적이고 교육의 궁극적인 목표를 이루려고 행해지는 것이 아니라 철저히 개인적이다. 배우는 아이들이나 가르치는 교사나 모두 개인의 이익을 위해서 하는 것이다. 얼마 전까지만 해도 모대학교에 수석 입학한 아이를 둔 부모들이 "우리 아이는 학원 한번 간 적이 없어요"라고 말하는 것을 어렵지 않게 들을 수 있었다. 그러나 지금은 아니다. 학원과 과외를 받은 아이들이 대학진학률이 높아지고 있다고 한다. 학원을 다니는 재수생이 명문대학 진학률이 높다고 한다. 그래서 재수는 필수라는 말이 나오는 것이다. 그렇기 때문에 아이들을 학원에 보내기 위해 학원에서 교사하시는 어머니들의 마음을 충분히 이해할 수있다. 그렇기 때문에 부모들은 무슨 방법을 쓰더라도 돈을 벌어 아이들을 학원과 과외를 받을 수 있도록 하는 것이 옳은 일인가? 학부모까지 학원으로 내몰리는 현실에서 우리나라의 미래가 정말로 고달프고 서글프다. 교육선진국은 사교육이 없다는데 우리나라는 왜 이러는 걸까? 사교육을 줄이자고 홍보도 하고 인쇄물로 만든다고 해서 과연 될 일인가? 나는 실천 가능한 대안을 제시해야 한다고 생각한다. 그 대안은 바로 해오름배움터이다. 사설 학원

대다수가 국어, 영어, 수학 학원들이다. 우리 주위에 보면 학부모님들 중에 국어와 수학, 영어를 아주 잘하시는 분들을 어렵지 않게 만날 수 있다. 사회가 바뀌었고 지방에도 실력 있는 학부모님들이 많다. 이 분들이 해오름배움터에서 무료로 아이들을 가르치면 자연스럽게 사교육은 해결된다. 마시멜로를 안 먹어야 나중에 성공하듯이 해오름배움터에서 무료로 아이들을 가르치는 것은 마시멜로를 안 먹는 것과 같다. 아이들 보고만 먹지 말라고 할 것이 아니라 어른들도 마시멜로를 먹지 않는 운동에 동참해야 한다. 아이들을 가르치면서 복잡하게 얽혀 있는 우리나라의 교육의 실타래가 조금씩 풀려질 것이다. 국가교육정책을 탓할 것도 없고 남을 탓할 것도 없다. 직장인, 학부모, 대학생 모두가 아이들 교육에 아낌없이 주는 나무처럼 대가를 바라지 않고 동참해야 한다. 내 아이가 무료로 배운다면 내가 학원에서 다른 아이들 가르칠 필요가 없고, 내가 무료로 아이들을 가르친다면 내 아이는 돈 주고 학원 갈 필요가 없다.

사춘기 자녀를 둔 부모의 역할은?

사춘기 자녀를 어떻게 키워야 하고 어떤 자세로 대화해야 하는가는 모든 부모님의 영원한 숙제이다. 나에게도 중3 아들과 초등학생 6학년 딸이 있다. 나도 사춘기 자녀를 처음 교육한다는 측면에서는 마찬가지로 초보다. 그렇지만 지금까지 자

녀를 키워 오면서 터득한 경험과 사춘기 배움터 아이들을 10
년간 가르치면서 얻은 지식을 토대로 이야기하고자 한다.

　나는 크리스천이다. 그렇지만 크리스천과는 다른 소중한 옛
이야기를 간직하고 있다. 내가 태어난 곳은 경북 풍천 신성면
이다. 1968년 2월 겨울 아버지는 서울에서 대학을 나오시고
연필 만드는 공장에 다니시다가 선생님의 꿈을 이루기 위해
임용고시를 보고 합격한 후에 내가 태어난 풍천 신성면에 소
재한 신성초등학교에 첫 발령을 받았다. 발령을 받은 이듬해
아버지는 나를 막내로 낳으셨다. 2남2녀 4남매 중에 막내다.
내가 태어날 때 신성면을 지나가시던 어느 큰 스님 한분이
"여기에 대인이 태어났다"라고 말했다고 한다. 내가 태어날
때 신성면에는 나 말고는 태어난 아이가 한 명도 없었다고
한다. 아버지와 어머니는 이 이야기를 들으시고 집에 경사가
났다고 매우 기뻐했다는 것이다. 난 지금 내가 대인인지 아닌
지는 모른다. 그 부분은 내가 평가하는 것이 아니라 남이 평
가해 주는 것이기 때문이다. 그리고 스님의 말씀이 사실인지
아닌지는 중요하지 않다. 그보다 더 중요한 사실은 내가 자랄
때 시간만 나면 아버지와 어머니는 나에게 지나가던 스님이
신성면에 대인이 태어났다고 했고 그 대인은 나라는 사실을
자주 말해주셨다. 부모님의 그 말씀이 자라면서 나에게는 항
상 큰 자존감으로 남아있고 어려울 때나 힘들 때도 부모님의
그 말씀이 생각나면 다시 힘을 얻곤 했다. 내가 장황하게 나
의 과거를 얘기함은 나를 자랑하고 싶어서가 아니라 사춘기

시절에 부모님의 격려와 칭찬이 자라나는 사춘기에 접어든 자녀들에게 정말로 한없는 힘이 된다는 사실이다. 아이들이 꿈을 갖고 열심히 공부하는 것을 원한다면 아이들의 자존감이 높아지도록 격려하고 인정해 주어야 한다. 아이들은 어릴 때는 거의 자기의 꿈이 대통령, 장관, 판사, 외교관이다. 그러나 크면서 자기의 꿈이 현실과 거리가 있음을 직시하고 낙담하게 된다. 이 시기가 사춘기 시기이며 아이들이 실망하지 않도록 항상 칭찬과 격려를 아끼지 말아야 한다.

배움터 교사도 마찬가지이다. 배움터에 다니는 아이들은 왕자요 공주다. 꿈이 이루어지는 것은 자존감과 매우 상관성이 높다. 자기 자신을 소중히 여기고 아낄 때 꿈은 현실이 되는 것이다. 자존감의 높고 낮음은 아이들 자신의 노력도 중요하지만 무엇보다도 부모의 몫이 크다는 점을 부모님들은 잘 알아야 한다.

　사춘기 자녀와 대화가 잘 되지 않음은 사춘기 자녀의 잘못이라기보다는 사춘기를 건강하게 보내지 못한 어른의 잘못이라는 견해가 더 지배적이다. 사춘기 시절을 건강하게 보내지 못한 어른의 공통적인 특징은 쉽게 화를 내고 경청이 어렵다는 것이다. 어른들이 하는 말이 설사 옳다하더라도 기분 나쁘게 말하기 때문에 아이들은 듣기 싫은 것이다. 아이들을 존중해주고 경청할 때 진정한 대화가 이루어지고, 비난하는 투로 지시적 언어가 아닌 공감의 언어를 사용할 때 아이들은 마음의 문을 열게 된다. 틀린 말도 기분 좋게 이야기하면 믿지만 백번 옳은 말도 기분 나쁘게 말하면 믿고 싶지 않은 것이다.

아이들과의 대화는 이성과 논리의 문제이기 전에 감성과 태도의 문제로 봐야 한다.

버릇이 없고 감정기복이 심한 아이들을 어떻게 보아야 하는가? 일단 사춘기 아이들은 말수가 적어지고 단답형 대답으로 성의 없이 말하는 것이 특징이다. 시도 때도 없이 짜증내고 듣기에 거북한 이기적인 말만 쏟아낸다. 가만히 듣고 있으면 화가 치밀어 오른다. 이때 이 아이들의 증상을 극히 정상적인 성장의 과정으로 보는 자세가 매우 중요하다. 자신의 정체성을 찾아가고 부모로부터의 의존을 끊으려는 몸부림의 일부분으로 봐야 한다. 독립적인 태도는 두렵고 힘든 일 중의 하나이므로 감정의 기복이 클 수밖에 없다. 아이들의 반항적인 태도에 매를 가하거나 혼을 내는 것은 아이들을 더 불안하게 만드는 첩경임을 깨닫고 유의할 필요가 있다. 아이들의 태도에는 감정적인 자세로 대응하면 더 복잡하게 일이 꼬이는 경우가 많으므로 속에서는 부글부글 하더라도 참고 인내하는 것이 중요하다.

사실 부모로서 성교육은 어떻게 시켜야 할지가 나에게도 고민이다. 미혼모의 50%이상이 십대라는 사실은 이제 놀라운 뉴스거리도 안 된다. 그만큼 아이들에게 성교육은 형식적으로 흘러가고 있다. IT강국 대한민국에서 인터넷과 영화매체 등을 통해 아이들은 얼마든지 잘못된 성의 모습을 볼 수 있다. 그렇기에 아이들의 올바른 성교육은 중요하다. 아이들이 잘못된 성의 모습들을 영화나 기타 미디어를 통해 간접적으로 보는 것도 문제이지만 그것을 직접 따라 하는 것이 실제적인 문제다. 이성을 만남으로써 이러한 일이 이루어지기 때문에 아이들에게 건전하고 합리적인 이성교제 규칙을 아이와 같이 정하는 것이 중요하다. 아이들과 신체적인 변화와 이성에 대한 관심을 자주 열린 분위기 속에서 나누는 것도 중요하다. 부모의 사춘기 시절을 이야기함으로써 아이들이 자연스럽게 부모와 같이 성에 대해 이야기할 수 있도록 분위기를 만들어 주는 것이 중요하다. 잘못된 행동에 의해 엄청난 피해와 심각한 사태가 뒤따름을 자녀들에게 마음에 부담감을 느끼지 않는 범위 내에서 알려줄 필요가 있다. 자녀를 낳은 부모이지만 성교육이라는 교육적인 관점에서는 부족할 수 있기 때문에 부모들도 자녀의 성교육을 전문가들을 통해 배울 필요가 있다.

게임중독에 빠진 아이를 어떻게 해야 할까? 중독에 빠진 아이들에 대한 대책은 사실은 많지 않다. 고작 해 보아야 전문가의 치료를 받으라는 것이다. 신경정신과에 가서 받아야 하는데 어느 부모가 데리고 갈까? 자기 자식이 정신이 이상하다고 여기는 부모가 몇이나 될까? 현실적인 대책이 안 된다. 그만큼 방법이 없다는 것이 문제다. 스마트폰으로도 얼마든지 게임이 가능하기 때문에 못하게 하는 것이 대수가 아니라 생각한다. 건전한 운동이나 독서, 등산, 가족여행을 등을 병행하면서 자녀에게 더 알차게 시간을 보낼 수 있는 여가활동을 보여주는 것이 최선이 아닌가 생각한다. 학습에 방해되는 부분을 학습에 유익이 되는 방법으로 조금씩 대체해 나가는 방법이다. 게임의 성향이 어느 목표점을 두고 계속 전진하도록 교묘하게 개발되고 있기 때문에 아이들이 한번 발을 들여 놓으면 나오기가 여간 어려운 것이 아니다. 따라서 아이들에게 유익한 건전한 여가활동도 일정기간 목표점을 지향하며 하는 것이 좋다. 무슨 일이든지 목표하는 것이 없으면 재미가 없고 작심3일이 되기 쉽다. 그래서 부모의 역할이 중요하다.

성격이 급하고 폭력성향이 있는 자녀를 어떻게 해야 할까? 학자들의 연구결과에 따르면 아이의 폭력성은 부모의 무관심과 강압적인 통제, 폭력성에 기인한다고 한다. 아이들의 박탈감과 소외감은 자기 자신을 스스로 지켜야 한다는 생각으로 바뀌고, 급기야 폭력적인 아이로 변하게 된다는 것이다. 따라서 부모의 관심과 무조건적인 사랑, 합리적인 규칙 등을 어릴 때부터 가르친다는 것은 중요하다고 볼 수 있다. 어린 시절 이런 경험이 없이 사춘기까지 와버린 아이들에게 있어서 올바른 자아상을 갖기까지는 많은 인내와 어려움이 따르지만 그래도 늦다고 생각할 때가 가장 빠르다는 말이 있듯이 부모로서 오랜 기간 인내하면서 관심을 가져주며 사랑을 쏟으면 마음의 문을 열게 된다. 진심어린 사랑과 칭찬은 분명 성격이 급하고 폭력적인 아이도 변화시킬 것이다.

2014년 1학기를 준비하다

　매년마다 1월이 되면 올해는 어떻게 학생들을 모집하나? 선생님들은 어디서 모셔오지? 고민이 시작된다. 앞에서 언급했듯이 나는 학생모집을 두 가지 방법을 사용한다. 생활일간지인 교차로나 벼룩시장에 내는 광고와 각 학교에 공문을 보내어 선발하고 있다. 각 학교에서 선발되지 못하는 아이들은 광고를 통해서 모집을 하기 위해서다. 보통 광고를 통해서 입학하는 아이들은 정말로 가정환경이 어려운 학생들이 많고 사연도 많다. 부모님들이 일일이 나에게 전화해서 입학할 수 있도록 신신당부한다. 밤에 식당일 나가야 하는데 학원 보낼 여건은 안 되니 꼭 배움터에 입학시켜 달라는 것이다. 또는 자매만 있는 가정에서 언니가 전화해서 동생의 입학을 요청한다. 모두 다 배움터 입학에 해당되는 아이들이다. 학교에서 선발되는 아이들은 친구 따라서 강남 가는 아이들이 많다. 제가 배움터에 가니 나도 간다는 그런 식이다. 그러다보니 입학하자마자 배움터를 나가는 아이들도 있다.

　교사모집은 더 어렵다. 배움터 교사는 헌신과 희생이 따른다. 1학기 또는 1년 정도는 배움터 교사를 해보다가 힘들다는 것을 인지하고는 거의 모든 교사들이 그만둔다. 나는 배움터 머슴이니 무조건 앞으로 전진이지만 지원한 교사들의 입장은 다르다. 봉사활동증명서를 발급받기 위해 지원하는 교사도 있고, 부모 없이 자란 경험이 있는 교사들이 아이들의 사정을 동감하여 가르치는 경우도 있고, 나처럼 공교육을 살리고 사교육을 진정시키고 저소득층아이들에게 공평한 학습기회를 제공하자는 취지에서 시작하는 교사도 있다. 2014년 1학기에는 한서대 항공학부 대학생 9명이 교사로 지원했다. 배움터 출신인 송경준 선생님의 후배인 것이다. 학년도 다양하다. 1학년부터 취업을 앞둔 4학년도 있다. 나는 이 대학생들이 졸업하여 분명히 사회에서 절실히 필요한 일꾼이 되리라 확신한다. 지금의 시대는 무한경쟁시대다. 내 몸 하나 챙기기도 힘든 사회에 형편이 어려운 학생들을 도와주기 위해 방과 후 교사를 자원한 이들이 자랑스럽다. 교사와 학생이 모집이 되면 그 다음 고민은 운영비 마련이다. 해마다 서산시에서 300만원의 지원금이 나오지만 한해 운영비에는 턱없이 모자란다. 주위에서 후원을 하시는 분들이 있지만 그렇다 하더라도 한해 운영비를 감당할 수 없다. 그래도 배움터는 매년 시작한다. 운영비도 없이 어떻게 하려고 배움터를 시작하느냐고 질문할 수도 있지만 나에게는 믿음이 있다. 운영비는 해마다 충당되었고 올해도 마찬가지일 것이다. 어떤 식으로든 운영비는 충당된다.

또 매 학기마다 고민해야 하는 것 중의 하나는 교재 선택이다. 아이들 눈높이에 맞는 교재를 선택해야 한다. 원래는 학생 선발이후에 학생들의 학업성적을 고려하여 교재를 선택해야 하지만 그럴 경우 교사들이 학습을 준비할 시간이 없기 때문에 교재를 일찍 선정한다. 책 두께는 가능한 두껍지 않은 것으로 하고 보조교재를 통해 아이들에게 교재 이외의 지식을 전달한다. 매 주마다 저녁식사인 김밥을 주문하고 배움터 수업 후 아이들을 집까지 태워 줄 차량운행자원자를 모집하는 것도 중요하다. 배움터를 운영하기 위해서는 주위에 적지 않은 사람들을 잘 알고 있어야 한다. 왜냐하면 배움터는 결국 사람이 운영하는 것이고 전부 일정 서례비가 없는 자원봉사자로 운영되기 때문이다.

마지막으로 교사들이 사용할 학습교구를 준비함으로써 매학기 배움터 준비는 끝난다. 2014년 1학기에도 많은 학생들이 입학신청을 하였다. 한 학기 동안 동고동락할 아이들의 눈망울을 보며 다시 파이팅을 외친다. 눈에 선하게 보이는 고단함과 피로를 잊기 위해 마음속으로 자꾸 파이팅을 외치게 된다.

성적보다 중요한 것은 태도와 마음가짐

나의 고향은 경북 안동이다. 초등학교를 졸업하고 기독교재단학교인 경안중학교에 입학하게 되었다. 중학교 때부터는 전교 석차와 반 석차가 있었고 매월 시험을 보았다. 3월 한 달동안 공부한 것으로 월말시험을 보았는데 반에서 18등, 전교 180등을 했던 것으로 기억하고 있다. 초등학교 다닐 때도 반 석차는 있었으나 공부를 별로 않았어도 어느 정도 좋은 성적을 올릴 수 있었으나 중학교는 공부를 하지 않으면 석차가 확 떨어진다는 사실을 깨달았고, 180등이라는 전교 석차가 나오자 나는 나 자신에게 매우 실망했었다. 전체 학생 수가 600명 정도였으니 180등이라는 성적은 결코 못한 건만은 아니었지만 나 앞으로 179명이라는 학생이 더 있다는 것이 믿어지질 않았다. 장래의 꿈을 이루기 위해 공부를 열심히 하는 학생들도 많지만 대다수 학생들은 자존감, 자존심 때문에 열심히 공부하는 것 같다. 자존감이 발동하지 않으면 반에서 18등을 하든 58등을 하든 상관하지 않을 것이다. 다행히 나는 자존심에 큰 상처를 입었고 이렇게 가만히 있을 수 없다는 생각에 매일매일 무릎을 꿇고 열심히 공부를 하였다. 다음 달에 반에서 3등을 하였다. 전교 석차도 25등으로 기억한다. 당시 임대하 담임선생님이 나를 교탁 앞으로 불러내서 아이들 앞에서 엄청 칭찬을 하신 것을 기억한다. 난 그때부터 줄곧 3등 이하로 내려 간 적이 없었다. 2학년이 되면서는 반에서 1등을 하였다. 전교 10등 안에도 들었다. 중3이 되어서 계속 성실히 공부에 임하였지만 자존심이 자만심으로 점차 바뀌기 시작하면서 성적도 조금씩 떨어지기 시작했다.

중학교를 졸업하고 같은 학교재단인 경안고등학교에 우수한 성적으로 입학하게 되었다. 고등학교에 입학을 해서는 고1까지는 줄곧 상위권에 있었으나 2학년으로 올라가면서 수학 미분과 적분에서 흥미를 잃기 시작했다. 수학에서 미분과 적분은 이과학생들이 상위권 대학에 진학할 수 있느냐? 못 하느냐?의 기준이 되는 매우 중요한 단원이다. 나는 이 단원을 꼭 완전히 이해하고야 말거라고 다짐했고 동아리도 수학학습반에 들어가서 못 푸는 문제는 꼭 수학선생님을 통해 확인을 받았었다. 그러나 내가 체크해둔 수학문제를 수학선생님도 못 푼 적이 가끔 있었고, 수학수업시간에도 수학선생님들은 문제를 이해시키기보다 풀기에 바빴다. 실력 있는 선생님이 많은 학교에 실력 있는 학생들이 많고 공부하지 않는 선생님이 많은 곳에 공부하지 않는 학생들이 많다. 선생님들의 주도적인 강의능력과 능동적인 학습이 학교의 명성과 학생들의 실력에 많은 영향을 끼친다. 이 대목에서 오해가 없길 바란다. 현재 경안고등학교(교장 김용연)는 "하나님 앞에서 진실하자"라는 교훈 아래 모든 선생님들과 학생들이 학업에 최선을 다하고 있으며 꿈과 희망을 주는 학교, 건강한 학교, 진실한 학교, 실력 있는 학교로 거듭나고 있다. 나는 2학년이 되면서 전교에서 상위권을 유지했으나 고3이 되면서 86년도에 열린 월드컵 축구경기에 푹 빠지면서 공부에 집중력을 많이 잃고 말았다. 나의 청소년 시기를 더듬어 보면 공부를 잘하기 위해선 어떻게 학습에 임해야 할지 부족하나마 답을 얻었다.

첫째, 공부를 잘하기 위해서는 가족 구성원 모두의 도움이 절대적으로 필요하다. 부모들이 시간만 나면 싸우거나 가정이 화목하지 않으면 자녀들이 공부에 집중할 수 없다. 학창시절 나의 아버지는 중학교 세계사 선생님이셨다. 초등학교 교사를 하시다가 중학교로 자리를 옮기셨다. 내가 공부를 열심히 할 수 있었던 것도 아버지의 영향이 컸던 것 같다.

둘째, 건전한 자존감을 갖고 있어야 한다. 어떤 일에도 지기 싫어하는 자세는 양보의 미덕과 배려가 부족하다고 볼 수 있으나 꼭 지지 말아야 할 것에는 지지 않고 양보해야 할 것은 꼭 양보해야만 하는 것이 있다. 지식경쟁은 선한 싸움이며 양보의 대상이 아니고 운동경기도 마찬가지라 볼 수 있다. 그러나 학창시절에 그 밖의 것은 양보해도 거의 손해 볼 것이 없다고 생각하며 설사 일부 손해를 본다하더라도 투자라 생각하면 된다. 너그러운 자세를 갖는 것이 공부에도 도움이 된다. 반에서 18등 하는 것을 아무렇지도 않게 받아들이면 항상 18등 밖에는 못하리라. 건전한 자존감은 어릴 때 많은 여행경험도 도움이 된다. 이 부분은 부모의 몫이 크다.

셋째, 주위의 칭찬과 격려가 중요하다. 중1때 담임선생님의 칭찬이 나에게는 계속 꾸준히 공부를 열심히 할 수 있었던 전환점이 되었다. 그 당시 담임선생님의 칭찬이 없었더라도 난 계속 열심히 공부하였겠지만 선생님의 칭찬 때문에 공부의 기쁨, 노력한 대가 등을 실감하게 되었고, 그 덕분에 더 열심히 공부할 수 있었던 것 같다. 사춘기 청소년 시기에 칭찬은 매우 중요하다.

넷째, 공부하면서 자기의 약점을 잘 파악하고 약점을 보완하는 데 총력을 쏟아야 한다. 고등학교 때 난 미적분 문제 푸는 데 자신이 없었다. 미적분은 나의 수학의 흥미를 떨어뜨리는 핵심 포인트였다. 난 그 점을 깨닫고 있었으나 극복하기에 나의 근성도 부족했고 도움을 주는 선생님도 없었다. 좋은 교사를 만난다는 것은 학생 입장에선 매우 중요하다. 고등학교는 중학교 공부와 다른 것이 있다면 충분한 개념이해와 끈기가 중요하다는 것이다. 수학과 영어성적은 금방 오르지 않는다. 기초가 튼튼해야 서서히 성적이 향상된다. 미적분 문제를 잘 풀기 위해선 미적분을 이해하기 위한 기초학문에 대한 이해가 선행되어야 한다. 극한과 함수 등이 미적분의 기초학문이라 볼 수 있다. 기초부터 차근차근 올라갈 때 어려운 문제를 풀 수 있게 된다.

마지막으로 자만심을 경계해야 한다. 자신감과 자만심을 구별할 줄 알아야 한다. "난 이 기간 동안 충분히 이 과목을 소화할 수 있어" 하면서 자신감을 가질 수는 있지만 거의 이러한 생각은 자만심에 가깝다. 오히려 이렇게 생각하는 것이 더 낫다. "난 이 과목들을 충분히 이해하고 암기하기에 이 기간은 너무 짧아"라고 생각하는 것이 더 효과적이며 현실적이다. 적당한 긴장감을 잃어버리는 순간 성적은 떨어진다. 난 고3때 월드컵 축구경기를 열심히 보면서 계속 나에게 이렇게 주문을 걸었다. "난 월드컵 다 보고도 충분히 좋은 성적을 유지 할 수 있어." 그러나 현실은 반대였다. 자기 자신에게 관대해지기 시작하면 성적은 떨어진다.

나의 청소년 시기를 이야기함은 단지 성적을 올리는 방법만을 알려 주기 위해서가 아니다. 오히려 방법보다는 태도와 마음가짐을 말해주고 싶어서다. 화목한 가정, 자존감, 칭찬, 약점 파악, 자만심 경계는 모두 태도와 마음가짐에 해당한다. 반대로 성적이 좋다고 해서 꼭 태도와 자세가 좋은 것은 아니다. 태도와 자세가 좋지 않지만 성적이 우수한 학생들이 있다. 이 학생들은 학습의 이해도가 빠르고 암기력이 뛰어나다. 즉 우수한 머리를 갖고 있는 것이다. 인성과 태도가 다듬어지지 않고 우수한 머리만 갖고 있는 학생들은 꼭 나중에 커서 사회적 문제를 일으킬 소지가 크다. 좋은 머리를 가지고 좋은 일에 쓰지 않기 때문이다. 따라서 태도와 마음가짐이 무엇보다 중요하다.

나에게 해오름배움터는 과연 무엇인가?

지난 10년이 어떻게 지나갔는지 모르겠다. 매년 아이들과 씨름하며 공부를 한 지가 벌써 10년이 되었다는 말인가? 정말로 세월은 빠르다. 내가 처음 배움터를 시작했을 때 큰 애가 6살, 막내가 2살이었다. 지금 큰 애는 중3이고 막내는 초등학교 6학년이다. 10년 동안 매 주마다 이틀을 배움터에서 아이들을 가르쳤고 집에 귀가하면 밤 10시였다. 1~2월과 7~8월은 방학으로 수업이 없어 1년에 넉 달은 다행히 예외이다. 일주일 한 번 이상 야근을 하고 한번 정도 회식을 한다. 그러면 고작 제시간에 집에 들어가는 날은 단 하루이다. 10년 동안 이런 패턴으로 살아 왔다니 아내와 아이들에게 미안한 마음이 급습한다.

연말이 되면 보조금신청서, 정산보고서 등을 정리하여 시청에도 여러 번 가야 한다. 겨울방학, 여름방학이면 아이들과 견학을 간다. 대학교로, 박물관으로, 유적지로 아이들에게 새로운 도전과 용기를 얻을 수 있는 곳을 찾아다닌다. 연초가 되면 학생모집과 교사모집으로 바쁘고 후원금 모금을 위해 이리저리 쫓아다닌다. 이렇게 밖으로만 돌아다니는데 남편으로

서 아빠로서 자격이 있는 걸까? 내가 생각해도 낙제점 아빠이
자 남편이다. 그런데 과연 낙제점 아빠와 남편이라는 말을 들
으면서까지 해오름배움터를 내가 운영해야 하는 이유가 뭘까?
나 자신에게 심각하게 질문을 해보았다.

첫째로, 사회봉사활동이 나의 아들과 딸에게 산교육이 될
것이라는 확신이 있었다.

둘째는, 내가 젊을 때나 나이가 들어서도 사회봉사활동을
할 수 없다는 핑계는 얼마든지 찾을 수 있다. 젊을 때는 아
빠로서의 역할을 제대로 하기 위해 나이가 들어서는 노년을
준비하고 여가생활을 즐기기 위해, 몸이 아파서 등등 여러 이
유를 찾을 수 있다. 그렇기에 사회봉사활동은 환경이 어려울
때 시작해야 한다는 나름대로의 판단이 있었다.

셋째는, 사회소외계층, 저소득층 아이들에게 무료학습의 기
회를 줌으로써 공평한 사회를 만들어 가는데 나의 작은 노력
이 한 몫을 할 수 있다는 확신과 자긍심이 있었다.

넷째는, 집에 귀가하는 시간이 늦지만 충분히 좋은 아빠와
남편이 될 수 있다는 확신이 있었다. 앞에서 나를 낙제점 아
빠와 남편으로 본다고 하였으나 이러한 평가는 아내와 아이들
에게 미안한 마음의 표현방식이고 정작, 아내와 아이들은 낙
제점 남편, 낙제점 아빠라고 생각하지 않을 것이다. 나 혼자
만의 바람일 수도 있으나 그렇게 믿고 싶다. 이 글을 쓰는
이 순간에도 난 아내를 사랑하며 아이들이 너무 귀하다.

다섯 번째는, 종교적인 확신에 기인한다. 나는 하나님을 믿

는 크리스천이다. 성경은 선교와 구제는 믿는 자들이 당연히 해야 할 가장 큰 과업으로 말하고 있다. 난 매년마다 단기간이지만 캄보디아에 가서 어린이 영어봉사활동을 하고 있다. 해오름배움터 운영은 나의 신앙과 생활신조에 기인한다.

여섯 번째는, 인생의 목적과 관계된다. 평생 나 자신만을 위해 사는 것이 인생을 인생답게 사는 것인가? 뭔가 의미 있고 보람된 활동을 통해 나의 삶의 의미를 찾고 기쁨을 누려야 하지 않겠는가?

일곱 번째는, 우리나라의 사회, 가정, 경제, 건강, 주택, 국방 등 거의 모든 문제가 현재 교육과 밀접한 관계를 갖고 있다. 대치동의 땅값과 집값이 다른 지역에 비하여 비싼 이유는 누구나 알다시피 학군 때문이다. 건강한 교육이 사회에 뿌리를 내릴 때 건강한 나라, 건강한 사회가 만들어질 수 있다. 건강한 나라를 만드는 데 내가 작은 씨앗이 될 수 있다는 것은 매력적이지 않은가?

여덟 번째는, 출근과 퇴근이라는 일정한 직장생활 속에서 새로운 삶의 활력소로써 배움터가 역할을 하기 때문이다. 중학교, 고등학교 교과과목을 다시 한 번 탐독하게 되고 새로운 많은 청소년들을 매년마다 볼 수 있기 때문이다. 때 묻은 직장 생활에서 찌든 나의 마음이 아이들의 순수한 눈망울을 통해 깨끗하게 된다.

아홉 번째는, 아무 의미 없이 즐기는 삶을 사전에 차단하기 위해서다. 내가 어렸을 때 나의 아버지는 술과 도박을 좋아하셨다. 나도 아버지의 아들인지라 특별히 술과 도박을 좋아하지는 않지만 친구들과 노는 것을 좋아한다. 아마도 내가 크리스천이 아니고, 배움터 운영을 하지 않았다면 날마다 친구들과 유흥에 빠져 있을 확률이 높다.

마지막으로 열 번째는, 나의 모습이 나의 후배나 이웃에 작은 본보기가 되기를 바라는 마음이다. 이렇게 책을 쓰는 이유도 학교설립을 위해 후원금을 모으기 위함이기도 하나 작은 본보기가 되기를 바라는 마음에서다. 나의 인생의 신조는 "선한 영향력을 끼쳐라"이다. 선한 영향력을 배움터를 통해 끼치고 싶은 것이다.

연구소 생활하기도 버거운데 밤마다 수십 명의 아이들을 모아놓고 방과 후 수업을 한다는 것은 결코 쉬운 일이 아니다. 야간학교를 운영함에 있어서 고려해야 할 점은 거의 30가지가 넘는다. 30가지 중 몇 가지는 배움터를 운영하는 데 중대한 요소이다. 배움터 운영자금 확보, 귀가차량의 안전확보, 다음 학기 학생모집에 큰 영향을 미치는 배움터의 대외 인지도 등은 배움터 운영에 있어서 매우 중요하게 고려되어야 할 사안이다. 30가지에 대한 적절한 프로세스가 확보 및 확인되지 않으면 배움터 운영은 매우 어렵다. 예를 들면 학습 분위기가 엉망이 되지 않기 위해서는 반장을 선임하고, 수업시간에는 옆 친구들과 떠들지 않기, 만약 떠들면 1단계, 2단계 조치사항을 아이들과 합의하여 정하기, 선생님과 아이들 사이에는 일정한 거리를 둘 것, 저녁시간은 정해진 시간 내에 끝내야 하고, 수업시간 중에는 절대로 핸드폰을 볼 수 없다 등등 나름대로의 규칙과 운영 프로세스가 없으면 수업 분위기는 엉망이 되어버린다. 이렇듯 배움터 운영이 결코 만만하지 않기 때문에 나에게 있어서 더욱 애착이 가는 것이다. 학교건물도 지어야 하고 새로운 학습방법도 설계 및 도입해야 하고 할 일이 많기 때문에 배움터 운영을 같이 할 수 있는 동역자들이 많이 나타났으면 좋겠다.

2014년 1학기를 마치며 행복교육을 다시 생각해본다.

중학교 현직교사와 한서대 항공학부 대학생들이 주축이 되어 열심히 가르쳐주신 덕분에 2014년 1학기도 아이들과 공부와 씨름하며 보람 있는 시간을 보낼 수 있었다.

난 학기가 마칠 때 마다 꼭 나 자신에게 질문하는 것이 있다. "학기동안 정말로 기쁘게 보람되게 행복하게 아이들을 가

르쳤고 아이들도 정말로 만족하게 공부했는가?"이다. 책 서두
에서 행복전문가이자 코칭심리학 분야의 세계적 권위자인 앤
서니 그랜트가 그랬듯이 행복이란 보람된 일을 지속성을 갖고
긍정적으로 주도적으로 할 때 느끼는 감정이라고 말했다. 학
생들에게 보람된 일이란 결국 공부이며, 이 공부를 정말로 긍
정적으로 열심히 할 때 만족감과 행복감을 느낄 수 있다. 그
러나 우리는 여기서 곰곰이 생각해 볼 것이 있다. 긍정적으로
열심히 하는 것은 공부내용에 대한 이해도와 깊은 관계성을
갖고 있다. 이해가 되지 않는 것을 열심히 긍정적으로 하는
아이가 몇이나 될까? 원리와 개념이 머리에 들어오지 않는데
그런 공부를 과연 열심히 주도적으로 할 수 있을까? 다시 요
약해서 말하자면 학생들은 공부를 행복하게 할 수 있을까? 물
론 할 수는 있지만 현실은 대다수 아이들은 공부를 즐겁게
생각하지 않는다. 공부를 즐겁게 할 수 있도록 유도하고 격려
하는 사람이 교사이다. 그럼 과연 교사는 어떤가? 교권이 땅
바닥으로 떨어지고 있는데 교사도 마찬가지로 행복하게 아이
들을 가르칠 수 있는가? 장애인 학교에서 아이들을 가르치는
교사는 보통 특수한 경우가 많다. 특별히 장애 아이들에 대한
열정적인 교육동기를 갖고 있다. 대개 열악한 환경을 극복 할
수 있는 강력한 동기가 있다. 뿐만 아니라 장애 아이들은 교
사 가르침에 긍정적이고 따뜻한 화답을 하는 경우를 많이 본
다. 몸은 불편하고 말도 어눌하지만 그들에게는 따뜻한 마음
이 있다. 그러기에 교사들은 헌신적으로 사랑으로 행복하게
가르칠 수가 있는 것이다. 나도 대학시절부터 연구소 입소하

기까지 약 10년간 지적 및 지체장애인 복지원에서 목욕봉사나 청소봉사를 한 적이 있기 때문에 장애 학교의 사정을 잘 알고 있다. 그러나 정신이 멀쩡한데 까칠하고 문제점투성이고 반항아만 모여 있는 일반학교에서 과연 교사들이 보람을 느끼고 행복하게 아이들을 가르칠 수 있을까? 행복이란 단어는 우리가 모두 추구해야할 것임은 분명한 사실이지만 나의 것, 우리의 것이 되기 위해서는 많은 어려움과 수고의 여정을 거쳐야 주어지는 고진감래의 결실이다. 행복교육이란 말은 좋지만 현실은 그렇지 않음을 마음속 깊이 되새겨 보아야한다.

얼마 전 교육부장관을 지내셨던 문용린 교수님이 행복교육을 강조하고 있음을 책과 강연을 통해 알게 되었다. 성공을 하면 행복해 진다는 기존의 지론을 반박하며 행복하면 성공을 이룰 수 있음을 주장하고 있다. 그래서 아이들이 행복하게 공부를 해야 함을 강조하고 있고 고진감래형 교육의 문제점을 지적하였다. 그런데 행복이라는 것이 내가 언제든지 어디서든지 갖고 싶다고 얻을 수 있는 것이 아니다. 교육전문가 이범 씨가 모 책에서 우리나라 아이들은 가장 재미없는 공부를 가장 오랫동안 하고 있다는 통계결과를 발표한 적이 있었다. 공부를 재미있게, 즉 행복하게 할 수 있다면 얼마나 좋으랴? 현실은 만만치가 않다. 문용린교수님은 고진감래형 교육을 지적했지만 이 세상에 수고하고 참고 노력하지 않고 얻어지는 것이 얼마나 있으랴? 보람된 일은 누구나 할 수 있다. 그러나 주도적으로 꾸준히 할 수 있는 것은 일정한 기술과 인품이 바탕에 있어야한다. 기술과 인품은 그냥 하늘에서 떨어지는 것이 아니고 부단한 노력에서 얻어지기 때문에 고진감래형 교육이 단순히 잘못되었다고 지적하는 것은 모순이다. 모든 일에는 고진감래가 뒤따른다. 행복교육이 원하는 것을 잘하도록 도와주고 안내하는 것이라고 말하지만 지금의 세상이 내가 원하는 것만 할 수 있는 세상인가? 때론 내가 원하지 않는 일도 해야 할 때가 있다. 그리고 내가 원하는 것만을 한다고 해서 정말로 행복해 질 수 있는 것인가? 생각해 보아야 한다. 행복교육을 실현하기 위해서는 아이들에게 다양한 체험학습과 인성교육, 독서교육이 필요함을 피력하고 있다. 체험학습, 인성교육 및 독서교육도 고진감래형 교육과 무관하지 않다. 정말로 얻을 것이 많고 배울 것이 많은 체험학습일수록 많이 걸어야한다. 아이들과 대학교를 탐방해보면 구석구석 무엇을 하고 있는지 파악하려면 열심히 걸어야한다. 가만히 앉아서 얻을 수 있는 것은 거의 없다. 독서는 가만히 앉아서 책을 열심히 읽어야하는 수고를 감당해야하고 책의 내용을 나의 것으로 완전히 만들려면 오랫동안 몇 번씩 반복해서 읽는 것도 간혹 필요하다. 인성교육의 고진감래의 필요성은 당연히 두말하면 잔소리이다. 성공을 해서도 행복이 찾아 올수도 있고 행복하면 성공에 도달할 수도 있다. 무조건 이것은 옳고 저것은 문제가 있다고 보는 시각이 문제인 것이다. 난 서두에서 공부를 열심히 하기 위해서는 이해력이 필요하다고 언급했다. 이해력은 많이 보고, 듣고, 경험하고 생각함으로써 향상된다. 그런 측면에서 직장체험과 독서교육은 중요하다고 볼 수 있다.

특별히 독서는 내가 직접 현장을 가지 않더라도 책을 통해 많은 정보를 얻을 수 있다. 인성교육을 통해 많은 책을 읽을 수 있고 독서교육을 통해 좋은 인성을 길러 낼 수 있다.

그렇다고 내가 행복교육을 반대하는 것은 아니다. 나도 책 서두에서 행복을 주는 해오름배움터, 교사도 행복해야한다는 표현을 사용하였다. 나도 행복교육을 일부분 찬성한다. 다만 해오름배움터는 무료배움터라는 특성과 자발적으로 자원한 교사의 자질과 헌신, 10년간 다져진 교육프로세스, 복지원과 비슷한 교육환경 때문에 부족하지만 행복이라는 표현을 사용 할 수 있다고 생각한다. 그러나 거시적으로 우리나라 전체 교육을 말 할 때는 표현의 방식을 달리 해야 한다는 것이다. 동기부여를 통해 가능한 기쁘게 즐겁게 효율적으로 협력하여 공부하고 좋은 성과가 나오면 더 기뻐하고, 그래서 다시 열심히 공부하게 되고 등등, 이것이 반복되는 것이 중요한 것이지 너무 행복이라는 높은 가치에 교육적 방법을 논해버리면 현실성이 떨어진다는 것을 말하고 싶다. 당연히 행복하면 좋은 결과를 얻는 것은 자명한 사실이다. 그렇지만 행복이라는 것이 모든 이에게 공평하게 주어지는 것이 아니기 때문에 우리나라 교육을 논 할 때는 좀 더 현실적으로 접근했으면 좋겠다는 것이다. 교육뿐만 아니라 무슨 일을 하든지 무슨 계획을 하든지 현실성, 실현가능성을 중요한 검토요인으로 생각했으면 좋겠다. 정부에 많은 안전매뉴얼이 있지만 세월호 참사로 얼마나 많은 학생들이 목숨을 잃었는가? 매뉴얼이 없어서 그런 참사를 당한 게 아니라 제대로 된 매뉴얼이 없고 그 매뉴얼을 정확히 지키려는 자세가 어른들에게 부족하기 때문에 생긴 인재가 아닌가!

이번 학기를 마치고 여름방학 때는 아이들을 데리고 몇 개 대학교를 탐방하려고 한다. 많이 걷기도 해야 하고 가기 전에 어디를 가는 것이 좋을지 고민도 많이 해야 한다. 가능한 많은 아이들이 동참하기 위해서는 나의 수고와 아이들의 적극적인 동참의지가 중요하다. 그 부분은 나와 다른 선생님의 몫이다. 간혹 아이들에게 이렇게 얘기 할 때가 있다. "얘들아 대학교 갔다 올 때 우리 애버랜드 들릴까?" 아이들은 환호성을 지른다. 난 교육전문가가 아니기에 교육이 정확히 무엇이다 말은 못하지만 어디서부터 시작해야 하는지 느낌으로 안다. 그것은 아이들의 마음을 조금이라도 이해하는데서 시작한다.

서산해오름배움터의 미래

  지난 10년간의 배움터 운영 경험과 많은 대안교육 전문가들을 만난 후 얻은 지식을 토대로 공교육 학습부족, 사교육 기회의 불공평에 노출되어 있는 저소득층 청소년들을 위한 공교육지원 통합자율 야간학교를 세워야겠다고 마음을 먹었다. 현재와 같은 교실을 임대하는 학교가 아닌 학교 건물을 세우는 일이다. 더 많은 아이들이 혜택을 받을 수 있도록 하기 위하여 학교를 설립해야겠다고 결심하였다. 방과 후 시간을 책임짐으로써 기존의 대안학교와는 다른 새로운 개념의 야간학교를 세우는 것이다. 세계적 교육 강국 핀란드에는 학원이 없다. 그리고 많은 선진국들과 교육인프라가 훌륭한 나라들에는 학원이 없는 것을 볼 수 있다. 이것은 무엇을 반증하느냐? 사교육이 없이도 올바른 인성과 지성을 갖춘 인재를 기를 수 있다는 것을 말해준다. 사교육 걱정 없는 세상(공동대표 송인수) 등 사교육에 지친 우리나라를 구하고자 여러 좋은 단체에서도 이런 운동을 펼치고 있다. 해오름배움터는 예습보다 복습에 중점을 두고 가르치고 있다. 공교육지원이라는 말은 복습과 상관이 있다. 여러 사교육을 통한 예습과 같은 선행학습은 공교육의 흥미와 태도를 저하시키는 요인이다. 따라서 우리 배움터는 재미있는 복습 위주의 수업과 다양한 학습을 통한 지식의 습득과 동기부여 학습에 중점을 두고 있다. 향후 건물이 지어지고 학교로서의 모습을 완전히 갖춘 이후에도 이 원칙에는 변함이 없다.

　그러나 사교육을 부정하지는 않는다. 사교육은 사교육 나름
대로 긍정적인 효과도 있다. 온라인으로 하는 인터넷 강의도
사교육의 일종이다. 인터넷 강의를 나쁘다고 할 수 있는가?
오히려 좋은 점이 더 많다. 우리나라 교육환경의 특성을 고려
하였을 때 무조건 핀란드를 따라 갈 수도 없고 무조건 학원
없는 나라들이 더 좋은 나라이니 본받자고 하는 것은 국가적
차원에서 옳은 일인가 머리 싸매고 고민할 필요가 있다. 그리
고 대안학교가 많이 나타나면서 사교육과 공교육의 경계선이
모호해진 점도 있다. 등록금이 비싼 비인가 대안학교는 사교
육인가? 공교육인가? 간판이 학원이면 사교육이고 상호가 무
슨 무슨 학교로 끝나면 무조건 공교육인가? 대안학교 중에 한
학기 등록금이 500만원을 훨씬 넘는 학교도 있다. 난 이 문
제를 대안정책 도출, 토론, 출판, 부모초청, 초청강사를 통한
교육과 홍보 등을 통해서도 풀 수 있으나, 또 다른 교육으로
풀고자 한다. 또 다른 교육이 뭐냐면 바로 서산해오름배움터
이다. 공교육(학교수업)을 마친 아이들이 학교에서 자율학습
을 받거나 아니면 학원으로 가는 것이 대다수 학생들의 방과
후에 정해진 루트이다. 방과 후 학생들이 자율적으로 공부를
하도록 놔두자는 것에는 난 100% 찬성한다. 사교육을 줄이는
운동에도 난 부분적으로 찬성한다. 그러나 향후 10년 내, 아
니 20년 내 사교육이 없어질까? 우리나라 교육풍토와 부모님
들의 교육에 대한 독특한 열정, 많은 사교육콘텐츠회사들이

금방 사라질까? 그동안 저소득층 아이들은 상대적으로 계속 성적이 떨어질 것이고 건강하지 못한 교육환경에 그냥 방치해 둬야 하나? 사교육을 강제적으로 사라지게 하는 것도 문제고, 앞에서 분명 유익한 점도 있다는 것을 언급했다. 교육 간접비 지출이 과도하여 나라 경제까지 좌지우지하는 그런 상황을 만들지 말자는 것이 나의 바람이다. 그래서 사교육을 진정시키자는 표현을 사용하고 싶다. 사교육을 진정시키고 현재 공교육을 지원하는 방법으로 서산해오름배움터를 운영하고 있고 향후에 이런 학교 모델이 다른 지역에도 확산되길 바란다.

공교육을 지원하고 사교육을 줄이는 해답을 난 사람에게서 찾을 수밖에 없다고 생각한다. 교사, 학부모, 직장인, 대학생 등 사회 각양각층의 사람들이 청소년교육에 동참할 수 있는 방법은 없을까? 우리나라 교육은 엄마의 교육이 되어 버렸다. 자녀교육의 성패는 엄마의 참을성에 달려 있다는 말까지 나올 정도니 교육에 있어서 엄마의 영향력은 엄청나다. 어느 특정 지역의 땅값이 오르락내리락 하는 것도 학군에 의해 결정되는 경우가 많고 이 학군은 엄마의 교육열과 무관하지 않다. 아버지들은 옛날보다 직장에서 해야 할 일이 더욱 더 많아지고 있고, 야근도 해야 하고 업무의 연장인 회식도 빠지지 말아야 한다. 집에 제시간에 들어가는 경우가 거의 없다. 아이들의 교육은 엄마들의 독차지가 되어버렸다. 엄마들은 대체적으로 아이들 공부에 있어서 성격이 급하다. 교육학적으로 금기시되는 다른 아이들과의 비교도 거침없이 잘 한다. 아이들은 매일매일 엄마와 신경전을 벌인다. 아이들이 PC게임에서 말하는 진정한 베틀(전쟁)이 집안에서 시도 때도 없이 벌어지고 있는 것이다. 그래서 엄마는 괴롭다. 아이들 아빠가 원망스럽다. 아이들 교육에 전혀 신경을 쓰지 않는 것 같아 얄밉기도 하다. 아빠들을 아이들 교육으로 끌어들이는 방법은 없을까? 를 생각했다.

그것을 해결하는 방법은 학부모-교사 풀제(Parents-Teacher Pool System)이다. 약어로는 PTPS라고 한다. 배움터에서 교사로 봉사할 사람들을 모집하는 것이다. 현직교사, 대학생, 직장인, 학부모 모두가 배움터의 교사로 자원할 수 있다. 현직 교사나 대학생, 직장인 모두 학부모의 마음으로 아이들을 가르치는 것이다. 자원하는 교사를 DB하여 매 학기마다 의사를 물어보고 배움터 교사로 활용하는 것이다. 이때 교사로서의 인격, 실력 등을 점검하고 교사로 채용한다. 비록 자기 자식이 아닐지라도 아버지들이 청소년을 가르침으로써 엄마 중심의 교육에서 부모 중심의 교육으로 점진적인 전환이 이루어질 수 있다. 그런 환경이 만들어 지는 시작이라는 점에서 의미가 있는 것이다. 교육 분야 비전문가인 부모님들, 직장인, 대학생을 위하여 일정 주기 동안 교수법에 대한 교육을 시킬 필요가 있다. 학습 내용적인 면보다 효과적인 교수법은 무엇이고, 교사로서 갖추어야 할 자질은 무엇인가를 가르쳐야 하고 입시 정보 등도 교육시킬 필요가 있다. 나는 이 점을 해결하기 위하여 교사훈련 프로그램(Teacher Training Program)을 도입하고자 하며 약어로는 TTP라 한다. 본 프로그램을 통해 양질의 교육이 이루어질 수 있다. 교사훈련 프로그램은 교육전문가, 현직교사, 여러 대안학교와 공교육을 통해 세부적인 계획을 수립 중에 있다. 물론 PTPS의 성공여부는 현직교사, 대학생, 직장인, 학부모 모두가 교사로 자원을 적극적으로 해야 한다는 것이다. 이 부분은 배움터를 운영하는 나뿐만 아니라 주위의 많은 도움이 필요하고 의식의 전환이 필요하다.

두 번째로 해오름배움터에서는 멘토링 프로그램을 적극적으로 활용하려고 한다. 일명 쉼프(Seosan Haeoreum Mentoring Program, SHMP)라고 한다. 서산지역에 있는 또는 서산 이외 지역에 있는 멘토님들을 초청하여 1년에 1번 이상 아이들에게 학습동기부여를 위한 특강을 실시하고자 한다. 이 방법은 이미 대안학교에서, 일반 공교육에서도 많이 추진하고 있다. 이 쉼프는 체험학습투어인 쉐프(Seosan Haeoreum Experience Tour Program, SHEP)와 연계되어 있다. 멘토님들이 종사하는 직장을 멘토님들의 안내로 아이들에게 개방하는 것이다. 일명 직장체험이라고도 볼 수 있다. 그러나 멘토와 연계되어 있다는 것이 중요하다. 멘토는 특강을 통해 아이들의 장래 직업을 안내하고, 그 이후 본인이 근무하는 직장에 아이들을 초청하여 본인이 직접 하는 일을 아이들에게 그대로 보여 줌으로써 특강과 체험이 내용상 이어지도록 하는 것이다. 직장체험이라는 측면에서 이와 유사한 기업들의 교육기부 운동이 이미 실시되고는 있다. 교육과학기술부가 주축이 되어 공교육 강화의 목적으로 2010년 8월부터 초·중고 및 교사에게 교육, 연수 및 직업체험의 기회를 제공하고 있다.

한국항공우주산업, 한국지질자원연구원, 고등과학원 등에서 주관이 되어 실시한 바가 있다. 교육의 참 목적을 달성한다는 측면에서 직장체험은 일회성이 아닌 지속성, 체험대상자의 다양성, 해당 지역과의 연계성, 외부에 보여 주고자 하는 행사 위주의 정부주관 직장체험이 아닌 민간차원의 자생적이고 자발적인 직장체험이 바람직하다고 볼 수 있으며, 해오름배움터의 멘토링 프로그램인 쉼프는 이 모든 것을 만족시킨다고 볼 수 있다. 기업들의 교육기부운동은 저변에 상업적인 홍보 측면이 있음에도 불구하고 교육주체가 일방적인 국가에서 기업으로 변하고 다양화되고 있다는 측면에서 널리 확대될 필요가 있다.

해오름배움터는 자원하는 교사로만 아이들을 가르칠 수 없고, 분명 길잡이 교사가 필요하다. 야간학교이지만 온종일 배움터를 위해 일하는 교사가 필요한 것이다. 더 많은 학생들에게 체계적인 교육을 위해서 학교건물이 필요하다. 공교육의 대안으로 등장한 대안학교도 아니고 그렇다고 사교육은 더더욱 아니다. 공교육 학습부족, 사교육 기회의 불공평에 노출되어 있는 저소득층 청소년을 위한 공교육지원 통합(중·고)자율 야간학교를 세우고자 한다. 우리나라 교육현실을 극복할 수 있는 방법 중의 하나는 아버지들을 적극적으로 자녀교육 현장으로 끌어들여야 한다. "내 자녀 기르기도 힘든데 남의 자녀들을 어떻게 가르치느냐?"라고 질문하시는 아버지도 있다.

저소득층 청소년들을 자기 자녀처럼 생각하는 의식의 변화가 필요하다. 공교육의 제자리 찾기와 사교육의 축소를 위한 대의적인 목적과 사명감을 갖고 적극적으로 동참하는 자세가 필요하다. 업무의 연장을 이야기하며 회식문화에 빠져 있는 남편들을 자녀교육의 현장 속으로 데리고 와 머리 싸매고 가슴 아파하는 엄마의 마음을, 아내의 마음을 조금이라도 헤아릴 수 있도록 해야 한다. 교사로서의 자원이 어렵다면 1년에 1회 이상 멘토 프로그램에 참가하여 아이들을 위해 특강을 할 수도 있다. 아이들의 학습동기부여를 높여주기 위한 프로그램으로 교사로서 참가하는 것만큼 중요한 의미를 갖는다. 또한 멘토가 근무하는 근무지를 아이들에게 개방함으로써 직장체험을 하도록 안내하고, 결국에는 아이들이 내가 나중에 어떤 직업을 가질 것인가? 내가 대학에서 무엇을 전공할 것인가를 결정하기 위한 정보를 제공하는 것이다.

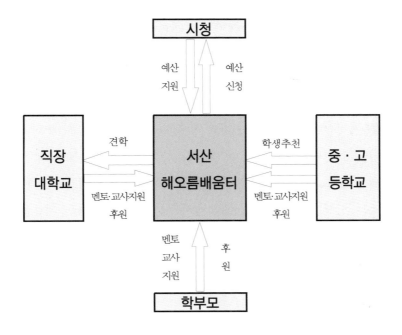

결론을 맺고자 한다. 공교육을 살려야 한다. 치열한 경쟁 속에 있는 사교육을 진정시키고 배움터를 통해 저소득층 아이들, 가정형편이 어려운 아이들, 공부에 주눅이 들어서 어깨가 항상 축 처져 있는 아이들을 배움터로 오도록 해야 한다. 양질의 교육콘텐츠 제공과 훌륭한 선생님을 통해 재미있는 명품 수업을 받는다면 아이들은 자연스럽게 배움터로 올 것이다. 더불어 배움터가 확대되고 체계를 갖추면 저소득층 자녀가 아닌 중산층 이상의 아이들도 배움터로 입학하려 할 것이다. 서산해오름배움터, 서울해오름배움터, 대전해오름배움터, 부산해오름배움터 등으로 확대되어 공교육을 지원하고 사교육 시장을 진정시키는 핵심적인 역할을 할 것이다. 학부모, 직장인, 대학생, 교수, 의사, 개인사업자 등 사회 각층에서 열심히 일하시는 분들이 자발적으로 해오름배움터의 교사로 적극적으로 지원할 때 이 모든 것이 가능하다.

그리고 아이들을 체계적으로 가르칠 수 있는 학교건물이 필요하다. 이를 위해 2013년 10월 04일부터 학교건립 모금운동을 시작했다. 3년간 1004명의 후원자(해오름주춧돌)를 조직하여 학교건립에 필요한 예산을 확보하려고 한다. 사교육 없는 세상 공동대표이신 송인수 선생님께서 지금은 골리앗처럼 보이는 입시전쟁과 과열된 사교육시장을 향해 눈물겨운 외로운 싸움을 하고 있듯이 나 또한 그분의 싸움에 기꺼이 동역자로 동참하고자 한다.

서산해오름배움터라는 물맷돌을 들고 얼굴에는 승리의 미소를 품고 골리앗을 향해 힘차게 달려가고 있다. 2012년 가을에 카이스트 부총장이신 주대준 박사님을 만난 적이 있다. 그분이 쓴 "바라봄의 법칙"이라는 책의 말미에 보면 이런 글이 나온다. "기억하자. 당신이 꾸는 꿈, 당신이 바라보는 미래가 곧 이 나라의 미래다. 우리가 큰 꿈을 꿀수록 우리의 가정과 이웃과 민족은 더 큰 복을 받을 것이다." 나는 이 말을 믿는다.

재미있는 가정을 몇 가지 해보겠습니다.

　어느 지역에 A라는 고등학교와 B라는 입시학원이 있는데 C라는 중학교 졸업생 절반은 A고등학교에 보내고 학업성적이 비슷한 나머지 절반은 B입시학원에 보내서 3년 후에 대학진학률이 낮은 곳은 교육부에서 도태시킨다고 가정해 봅시다. A고등학교가 살아남는다는 보장이 있습니까? 이 가정에서 우리가 중요하게 생각해야 할 가정요소가 있습니다. 바로 대학진학률입니다. 도태기준이 대학진학률이 되면 대학입시에 특화되어 있는 입시학원을 A고등학교가 이길 수 있다고 장담할 수 있을까요? 그러면 A고등학교를 구제하기 위해서는 대학진학률이 기준이 되면 안 되겠다 생각하면 되는 걸까요? 우리는 본 가정의 의도와 본질을 알아야합니다. 교육의 본질은 정의롭고 건전한 인품을 소유한 사회 구성으로서의 바람직한 인격체를 길러내는 것이어야지 가능한 많은 학생들을 소위 명문대에 보내는 것이 되면 안 됩니다. 따라서 공교육은 사교육과 경쟁의 대상이 아니며 공교육이 더욱 전인교육(全人敎育)에 집중해야 하는 이유입니다. 그러나 현실은 반대로 흘러가고 있습니다. 각 고등학교들이 스스로 대학진학률을 학교평가,

학업성취도의 주 기준으로 삼는 우를 범하고 있습니다. 만약에 교육당국이 대학원진학률이 입시학원보다 떨어지는 고등학교는 도태시키겠다고 하면 거기에 순응하는 고등학교가 몇이나 될까요?

A라는 학생은 어릴 때부터 경영이나 회계 등에 관심이 많았는데 수능시험을 본 이후에 일반사립대 경영학과에 충분히 입학할 수 있는 성적임에도 불구하고 서울대 국어교육학과에 들어갔다고 가정해 봅시다. 이 학생은 남을 가르치는 것을 좋아하지도 않고 남들 앞에 서서 말하는 것도 매우 수줍어하는 학생임에도 불구하고 서울대를 들어가기 위해 국어교육학과를 선택한 경우입니다. 결국 이 학생은 영혼이 없는, 목적의식이 없는 공부를 4년간 하고나서 교육과는 관계없는 일에 종사하게 됩니다. 이것이 A라는 학생만의 잘못일까요? 물론 서울대에 집착한 A학생의 판단이 옳지 못한 점도 있으나, 각 고등학교들이 앞 다투어 명문대 입학진학률을 학교외부 홍보자료로 사용하는 점도 한몫을 하고 있습니다. 그런 측면에서 입시전문가 박철범씨는 서울대 조선해양공학과를 중도에 포기하고 다시 수능을 보고 고려대 법학과에 입학한 것은 최고 명문대만을 고집하지 않고 본인 적성에 맞는 학과를 선택한 것은 다른 이들의 좋은 귀감이 되고 있습니다. 고려대 학생들이 저에게 몰려와서 따질 수도 있겠네요.(하하) 물론 고려대도 소위 명문대입니다.

인구 10만명인 어느 지역에 롯데마트, 이마트, 농협하나로 마트, 대형슈퍼 등 거의 비슷한 수준의 상품을 판매하는 마트들이 우후죽순처럼 생기면 품질경쟁이 일어나기보다 가격경쟁이 발생합니다. 가격을 낮추기 위해서는 품질이 떨어지는 재료와 상품이 난립하게 되고 결국 손해는 그 지역 주민이 보게 됩니다. 대학도 마찬가지입니다. 백화점식 종합대학들이 전국 여기저기에 설립되면서 강의와 학습의 질이 떨어지고 있습니다. 대학의 본질은 교육의 본질과 거의 동일합니다. 그럼에도 불구하고 공무원 사관학교, 전국 취업률 1위 등을 외치는 대학들을 볼 때 우리나라 대학의 안타까운 현실을 보여줍니다. 지방에서 살아남기 위한 궁여지책이죠. 대학서열화를 막고 지방대학을 육성시키는 방안은 과감히 지방에 있는 대학들을 고등학교 졸업자 수, 사회에서 필요로 하는 전공 등을 고려하여 통합 및 조정하고 특성화시키는 것입니다. 전국에 있는 대학들을 균형 있게 발전시키려면 각 기업체와 연구소도 한 몫을 해야 합니다. 지방에 있는 대학들이 특성화되면서 경쟁력을 갖추면 각 기업체와 연구소는 지방대학 학생들을 과감히 받아 들여야 합니다. 그러나 현실은 그렇지 못합니다. 우수대학 인재채용프로그램을 보면 거의 서울대, 연대, 고대, 카이스트 등에 국한되어 있습니다. 각 지방대학들이 특화되지 못한 것도 문제이지만 각 기업체와 연구소가 대학들을 서열화 해놓고 인재를 뽑는 것이 더 큰 문제입니다.

제가 왜 이렇게 야간학교를 말하는 말미에 장황하게 우리나라 교육의 현실을 얘기하는 걸까요? 우리나라 공교육이 전인교육에 몰두하지 못하는 이유가 대학서열화가 주범이라고 생각하기 때문입니다. 공교육이 살려면 전인교육에 매달려야 합니다. 사교육의 이중대처럼 변질되어선 우리나라에 미래가 보이질 않습니다. 각 학교들은 미술, 음악, 체육 등의 예체능 과목에도 골고루 몰입해야합니다. 자기적성에 맞는 특성화 대학을 들어가는 것이 아닌 서열화의 우위에 있는 소위 명문대학에 들어가는 것이 공교육의 목표가 되어버리면 교육의 본질에서 벗어나는 것입니다.

서산해오름배움터는 공교육을 지원하는 새로운 대안학교의 모델입니다. 공교육에서 부족한 학습을 도와주는 역할을 하고 있습니다. 다양한 직업을 갖고 있는 직장인들이 아이들을 가르침으로써 아이들이 장래의 직업을 선택하는데 도움을 주고 있습니다. 선행학습보다는 복습에 치중합니다. 학교에서 배운 내용을 두 번, 세 번 반복하여 오래 기억하도록 도와줍니다. 사교육을 받지 못하는 저소득층 아이들을 가르침으로써 가정경제가 아이들의 학업에 영향을 주지 않도록 최선을 다하고 있습니다. 늘 반에서 1등을 한 이준이는 자기적성과 가정형편에 맞게 합덕제철고를 수석으로 입학하였고, 부석고등학교를 수석입학한 송경준은 고등학교 졸업 후 충남 서산에 소재한 종합대학인 한서대학교에서 특성화된 학과인 항공학부를 입학하였습니다.

시중 서점에서 학습방법을 알려주는 많은 책들을 볼 수 있습니다. 입시전문가들끼리 약간의 의견차이가 있기는 하지만 공부를 잘 할 수 있는 과정과 비결은 동기부여를 통해 공부에 몰입하고, 공부기술을 통해 실력을 다지고, 하루에 10시간, 15시간 등, 반복에 반복을 통해 머리가 나쁨에도 불구하고 결국에는 서울대에 들어갔다가 하나의 공통된 내용입니다. 여기서 우리가 알아야 할 것은, 이 책의 저자들은 현 입시제도에서 살아남은 입시전문가이지 교육전문가는 아닙니다. 우리에게 필요한 것은 입시전문가가 아니라 현 입시제도를 개혁하고 새로운 교육모델을 개발하여 건강한 나라, 기본에 충실한 나라를 세워 가는데 기둥과 같은 역할을 감당 할 교육전문가입니다.

저는 현 입시제도를 개혁하자고 이 책을 쓰고 있는 것은 아닙니다. 대학서열화를 무너뜨리자고 쓰고 있는 것은 더더욱 아닙니다. 그럴 자격도 경력도 없습니다. 제가 얘기한다고 무너질 대학서열이 아닙니다. 저는 현직교사도 아니고 교육관련 전공자도 아닙니다. 단지 지방에서 작은 야간학교를 10년 정도 운영한 경험이 다입니다. 저의 관심사는 사교육의 사각지대에 있는 저소득층 아이들의 학업을 도와주는 것입니다. 그들이 희망을 잃지 않고 계속 공부할 수 있도록 용기와 힘을 주는 것입니다. 중하위권 아이들의 학업을 일정수준으로 끌어올리는데 관심이 있습니다. 배움터 아이들이 소위 공부 잘하고 교육인프라가 탄탄한 아이들의 내신을 일정수준으로 유지하게 해주는 하나의 수단이 되고 있음에 마음이 아프고 괴롭습니다. 대학이 인생을 좌지우지 하지는 않지만 대학을 졸업하고 좋은 직장과 안정된 삶을 누릴 확률이 대학을 가지 않고 좋은 직업과 안정된 삶을 누릴 확률보다 훨씬 높은 것이 우리 대한민국의 현실이기에 대학을 포기하지 않도록 저는 아이들에게 수시로 대학의 중요성을 이야기합니다. 물론 부모님들이 대학등록금을 감당할 수 있어야 하겠지요.

교육부는 아이들 각자가 지닌 다양성이 존중받고 재능과 잠재력을 충분히 펼칠 수 있는 기회를 제공하며 조건과 형편에 상관없이 대한민국 어디서든, 누구든 공평하게 꿈을 키워갈 수 있는 교육을 실현하겠다고 말하고 있습니다. 각오와 현실은 다를 수밖에 없습니다. 그러나 현실이 각오를 향해 달려가기 위한 움직임이 보여야합니다. 뭔가 보이시나요? 교육은 말이 아니라 행동입니다. 서산해오름배움터는 그 작은 움직임에 동참하고자합니다. 사교육을 줄이고 공교육을 밑에서 지원하며 어렵고 힘든 아이들의 학업을 도와주는 이 일에 우리 모두의 수고와 헌신이 필요합니다. 교육부의 각오와 서산해오름배움터의 설립취지가 너무 유사하기 때문에 교육부에서 서산해오름배움터를 지원하면, 곧 그것은 교육부의 교육정책의 실현이 될 수 있습니다. 따라서 교육부의 지원을 기대합니다. 지치고 고단한 우리 모든 청소년들이 즐겁고 행복하게 공부할 그 날이 속히 오기를 기대합니다. 감사합니다.

저자약력

대표저자 백상화

Email :
backkssan@hanmail.net
Tel : 041-671-2585

- 경희대학교 화공과 졸업(학사)
- 충남대학교 화공과 석사·박사 졸업(공학박사)
- 2007 서산시장 표창(청소년 교육유공)
- 2008 보건복지가족부 장관상 표창(청소년 교육유공)
- 현) 서산해오름배움터 운영 (2004~현재)
- 현) 국방과학연구소 시험기반팀장 (1993.3~현재)

전문분야
- 네트워크, 통신, 기상, 환경시험, 전달현상